Ludwig Hudler

# Über Capacität und Gewicht der Schädel in der Anatomischen Anstalt zu München

Antigonos

**Ludwig Hudler**

# Über Capacität und Gewicht der Schädel in der Anatomischen Anstalt zu München

Unveränderter Nachdruck der Originalausgabe von 1877.

1. Auflage 2024  |  ISBN: 978-3-38634-866-9

Antigonos Verlag ist ein Imprint der Outlook Verlagsgesellschaft mbH.

Verlag: Outlook Verlag GmbH, Zeilweg 44, 60439 Frankfurt, Deutschland, info@outlook-verlag.de
Vertretungsberechtigt: E. Roepke, Zeilweg 44, 60439 Frankfurt, Deutschland
Druck: Libri Plureos GmbH, Friedensallee 273, 22763 Hamburg, Deutschland

# ÜBER

# CAPACITÄT UND GEWICHT

## DER

# SCHÄDEL

IN DER

## ANATOMISCHEN ANSTALT ZU MÜNCHEN.

---

VON

### DR. MED. LUDWIG HUDLER.

---

MÜNCHEN.

LITERARISCH-ARTISTISCHE ANSTALT (TH. RIEDEL)

VORM. DER COTTA'SCHEN BUCHHANDLUNG.

—

1877.

Druck von E. Mühlthaler in München.

# Vortrag

über

## Windungen und Urwindungen des Gehirnes beim Menschen und den Säugethieren.

---

# Einleitende Bemerkungen.

Mehr als jeder andere Theil des Skeletes ist von jeher der Schädel Gegenstand wissenschaftlicher Untersuchung gewesen, nicht allein um seinen Bau und seine Entwickelung zu studiren und in seiner Form charakteristische Rassenunterschiede zu finden, sondern vor allem auch als Gehäuse des Gehirns, des wichtigsten Organes des ganzen Körpers, mit welchem die geistigen und die Mehrzahl der physischen Thätigkeiten innig verknüpft sind. Wenn man auch von dem Gall'schen Irrthum zurückgekommen ist, so hat doch in dieser Beziehung das Studium des Schädels keineswegs seine Bedeutung verloren.

Man nennt Hippocrates und Vesalius als die ersten, welche auf die eigenthümliche Schädelbildung bei verschiedenen Völkerschaften aufmerksam machten. Hippocrates spricht von Macrocephali Scythaei, eine Kopfform, die durch künstliches Binden erzeugt werden sollte. Von Vesal's Meinungen ist besonders die bekannt, dass das breite Hinterhaupt der alten Deutschen und die breiten Schläfen der Belgier vom Liegen der Kinder kommen.

Daubenton (1764) machte den Anfang mit exacten Messungen durch Bestimmung des Angulus occipitalis. Er bezeichnete als Angulus occipitalis jenen Winkel, welcher dadurch entsteht, dass man eine Linie vom unteren Augenhöhlenrand nach dem hinteren Rand des Foramen magnum und eine zweite Linie von dieser Stelle nach dem vorderen Rande des For. magn. zieht. Es ist dieser Winkel aber weniger zur Vergleichung der Menschenrassen-Schädel brauchbar als zur Vergleichung des Menschenschädels mit den Thierschädeln und dieser unter einander. Er ist beim Menschen am kleinsten und wird um so grösser, je mehr das Foramen magnum zurücktritt (beim Menschen = 4⁰, beim Orang = 37⁰).

Camper (1791) suchte in seinem bekannten Gesichtswinkel [1]) eine Rasseneigenthümlichkeit zu finden, indem er das Verhältniss des Schädels zum Gesicht für entscheidend hielt. Dieser Winkel spielte in der Wissenschaft bis auf die neueste Zeit eine bedeutende Rolle und Virey suchte darnach sogar das Menschengeschlecht in zwei Spezies einzutheilen.

Hombron und Agassiz haben die Eintheilung in Menschenspezies viel weiter als in zwei ausgedehnt.

Blumenbach (1795) bemerkte gegen diese Messungsmethode, dass sie keine Rasseneigenthümlichkeit bestimme. Er zog es vor, das Auge allein entscheiden zu lassen und machte darauf aufmerksam, dass man bei der Betrachtung der Schädel diesen eine ganz bestimmte Stellung zu geben und sie von einem fixen Gesichtspunkte aus zu betrachten habe. Er stellte die Schädel so auf, dass die Jochbogen horizontal liegen und betrachtete sie von oben und hinten (vertikale Methode).

Cuvier (1797) bestimmte an sagittaldurchschnittenen Schädeln den Grössenunterschied zwischen Schädel und Gesicht.

Gegenwärtig erfreut sich die bekannte Eintheilung der Schädel von Andreas Retzius[2]) in dolichocephale und

---

[1]) Angulus faciei Camperi ist jener Winkel, welcher entsteht, wenn man eine Linie von dem prominentesten Mittelpunkte der Stirne zur hervorragendsten Stelle des Oberkiefers zieht und diese durch eine vom äussern Gehörgang zum Boden der Nasenhöhle gezogene Linie schneidet. Er beträgt beim Kaukasier 85⁰, beim Mongolen 80⁰, beim Neger und Kalmücken 70⁰, beim Orang 67⁰.

[2]) Hyrtl Topogr. Anatom. Wien 1860, pag. 12. Retzius theilt die Völker nach der Schädelform ein in:

    1) Gentes dolichocephalae,
        orthognatae,
        prognatae;
    2) Gentes brachycephalae,
        orthognatae,
        prognatae.

brachycephale fast ungetheilter Anerkennung, nachdem Broca, Vogt und Welcker für die Mittelformen noch eigene Bezeichnungen eingeführt haben — Broca und Vogt: mesocephale, Welker: orthocephale.

Da hier nicht die Absicht besteht, eine erschöpfende Geschichte der Craniometrie zu geben, so erwähne ich von anderen neueren Eintheilungsversuchen nur die wichtigsten:

Weber[1]) unterscheidet eine ovale, runde, vielseitige und keilförmige Form; Zeune: Hochschädel, Breitschädel, Langschädel; Prichard: mesobregmatische, stenobregmatische und platibregmatische Schädel.

Morton war der erste, welcher bei seinen Messungen auf den Schädelinnenraum Rücksicht nahm und er fand, dass bei den weissen, gelben, rothen und schwarzen Rassen sich die Capacität im Mittel verhielt wie $87 : 83 — 81 : 82 : 78$.

Je mehr Eintheilungen entstanden, desto mehr wurde der Gedanke rege[2]), dass nur durch Abnahme einer grösseren Zahl von bestimmten Massen an jedem Schädel eine Einigung geschaffen werden könnte.

Im Jahre 1872 schlug Professor v. Virchow vor[3]), zur Herstellung einer allgemeinen Statistik (die sich auf alle deutschen

---

[1]) Weber, Ur- und Rassenformen des Schädels und Beckens der Menschen. 1850.

[2]) Carus, Vom gegenwärtigen Standpunkt der wissenschaftlich begründeten Cranioscopie. — Nürnberg 1844.

Huschke Schädel, Hirn und Seele. — Jena 1854.

Aeby, Neue Methode der Bestimmung der Schädelform beim Menschen und Säugethier. — Braunschweig 1862.

Welker, Untersuchungen über Wachsthum und Bau des menschlichen Schädels. — Leipzig 1862.

Bischoff, Verhältniss des Horizontalumfanges des Schädels zum Schädelinnenraum und Hirngewicht. 1864.

Krause, Ueber die Aufgabe der wissenschaftlichen Kraniometrie — Archiv für Anthropologie. 1866, II. Heft.

[3]) Archiv für Anthropologie. 1872 (9. Aug.), unter Referate S. 509.

Stammesschädel erstrecken sollte) folgende sieben Masse an den Schädeln zu nehmen; die grösste Länge, grösste Breite, grösste senkrechte Höhe, den grössten Horizontalumfang, Querumfang (vom äussern Gehörgang über die vordere Fontanelle), den Diagonaldurchmesser (Kinn bis Scheitel) und die Capacität. — Zugleich wird dabei auf die Schwierigkeit aufmerksam gemacht, welche eine genaue Bestimmung der Capacität bietet, und Virchow wollte sich mit einer annähernden Angabe (bis etwa 50 Ccm.) begnügen.

Am 6. September 1875 wurde von Virchow selbst[1]) das drei Jahre früher aufgestellte Schema erweitert und mit einigen Zusätzen von Ihering versehen, wornach es bei der anthropologischen Gesellschaft allgemeine Anerkennung fand.

In diesem „neuen gemeinsam vereinbarten Messungsschema" nimmt die Capacität (Ct.) die erste Stelle ein.

Auf den Rath des Herrn Professors Dr. Rüdinger und mit Genehmigung des Conservators der anatomischen Sammlung, des Herrn Obermedicinalrathes Professor Dr. v. Bischoff, unternahm ich es, die Capacität sämmtlicher zur Zeit in der anatomischen Anstalt vorhandenen Schädel zu messen. — Zugleich fügte ich das Gewicht der Schädel bei, welches zwar in dem Messungsschema nicht vorgesehen ist, das aber dennoch nicht ohne Interesse sein dürfte, da sich aus der Capacität und dem Gewichte der Schädel ein annähernder Schluss auf die Dicke der Schädelknochen machen lässt, wiewohl durch die verschieden starke Entwicklung der Gesichtsknochen das Urtheil getrübt werden kann.[2]) Die Berücksichtigung der Schädeldicke bei Schädelmessungen wird auch von Professor v. Bischoff[3]) als nothwendig erachtet.

---

[1]) Archiv für Anthropologie, vierte Sitzung der 5. allgemeinen Versammlung der deutschen Gesellschaft für Anthropologie etc. zu Dresden, am 6. Sept. 1875.

[2]) Fehlen des Unterkiefers und andere Defekte wurden auf den Tabellen unter „Bemerkuhgen" angeführt.

[3]) Bischoff, Verhältniss dēs Horizontalumfanges des Schädels zum Schädelinnenraum und Hirngewicht. Seite 25.

Die übrigen Masse der Schädel der hiesigen anatomischen Anstalt sind bereits von dem früheren Assistenten derselben, Dr. Hermann, genommen worden und sollten auch in der Zeitschrift für Anthropologie bekannt gemacht werden. Es ist dieses zwar bis jetzt nicht geschehen und die Ausführung dieses Vorhabens ist noch nicht ersichtlich. Dennoch erschien es nicht unzweckmässig, einstweilen meine Beobachtungen über die Capacität und das Gewicht dieser Schädel zu veröffentlichen, welche dann später durch Mittheilung jener Messungen von Dr. Hermann ihre Vervollständigung finden werden.

## Der Messungs-Apparat,

dessen ich mich zur Bestimmung der Capacität und des Gewichtes bediente, bestand aus folgenden der anatomischen Anstalt gehörigen Gegenständen:

1, einer Tellerwaage aus Messing (Zunge und Stahlschneiden ausgenommen), deren Balken 37 cm. lang und durchbrochen ist. Die gleichmässig concaven Teller aus Messingblech haben einen Durchmesser von 20 cm. und stehen durch je drei 37 cm. lange Ketten mit dem Balken in Verbindung. Die Zunge, von ihrer Spitze bis zur mittleren Stahlschneide gerechnet, misst 18 cm. Die Wägungen wurden nach dem Grammgewichte vorgenommen. Die Waage gibt auf 0,3 noch einen Ausschlag, eine Empfindlichkeit, welche für den vorliegenden Zweck vollkommen genügt. Dieselbe ist an einem sehr bequemen Gestell aufgehängt;

2, canarischem Vogelsaamen als Füllungsmaterial, welches in Folge seiner glatten, ovalgeformten Oberfläche leicht in alle Furchen und Vertiefungen des Schädels eindringt und auch leicht wieder entfernt werden kann. Bisher wandte man hier zur Bestimmung der Capacität Hirse[1]) an. Auch ich bediente mich

---

[1]) Auf Unbrauchbarkeit der Hirse zur Capacitätsbestimmung wird aufmerksam gemacht: Archiv für Anthr. Sitzung der Hamburg-Altonaer Gruppe am 19. April 1873.

zur Messung der ersten fünfzig Schädel dieses Materials; allein die Controlmessungen fielen bei aller Genauigkeit und Consequenz des Verfahrens so ungünstig aus (Differenzen von 15—60 Ccm.), dass ich, die Schuld auf das Füllungsmaterial schiebend, zu einem anderen Material greifen zu müssen glaubte. Ich wollte Schrott nehmen, allein es war zu fürchten, dass dadurch die Schädel (namentlich die ausgegrabenen und solche, welche durch einen Cirkelschnitt geöffnet und mittelst eines Papierstreifen wieder geschlossen sind) beschädigt werden möchten. Mit der neuen von Herrn Professor Rüdinger vorgeschlagenen Füllungsmasse (mit welchem die bereits mit Hirse gemessenen Schädel nochmals gemessen wurden) fielen (wie Tab. XI zeigt) die Controlmessungen viel günstiger aus. Die erste Messung der Tab. XI wurde etwa zwei Monate früher gemacht als die fünf übrigen. Die grösste Differenz beträgt nur 17 Ccm. Differenzen unter 5 Ccm. kommen ganz ausser Betracht, da das Massglas nur von 5 zu 5 Ccm. graduirt ist, was dazwischen fällt, ist nur Sache der Schätzung, da es nicht möglich ist, das Material im Glase in eine vollkommene Ebene zu bringen;

3, zwei cylinderförmigen Gläsern, wovon das eine (bei einer Höhe von 23 cm. und einem Durchmesser von 7 cm.) 1000 Ccm. fasst, wenn es bis zum Abstreifen gefüllt ist; das andere (34 cm. hoch und von einem Durchmesser von 3,2 cm.) ist von je 5 zu 5 Ccm. mit einem Theilstrich und nach je 50 Ccm. mit der entsprechenden Zahl, bis auf 500 Ccm., versehen. Das erstere Glas bietet den Vortheil, dass 1000 cm. nicht abgelesen werden müssen, sondern einfach mit einem Lineal abgestrichen werden können, während bei alleiniger Benützung des kleinen Glases um zweimal öfter abgelesen werden müsste. Da nun, wie bereits bemerkt, ein kleiner Ablesungsfehler unvermeidlich ist, so ist der Vortheil, den das Literglas bietet, leicht einzusehen;

4, einer Kanne aus Blech, welche ich nach Art der römischen Thonlämpchen, aber bedeutend grösser, verhältnissmässig tiefer und schmäler und mit einem längeren, nach vorne offenen Schnabel anfertigen liess. Sie fasst etwa 2000 Cubikcentimeter, ist 18—33 cm. lang, 10 cm. breit, sich gegen den Schnabel zu verschmälernd, und an der höchsten Stelle 13 cm. tief. Mittelst dieser Kanne kann der Schädel ohne Anwendung eines Trichters vom Foramen magnum aus gefüllt werden;

5, einer hölzernen (37 cm. langen, 21 cm. breiten und 11 cm. tiefen) Schachtel, in welche der gefüllte Schädel entleert wurde. An einer schmalen (abgerundeten) Seite derselben habe ich einen eckigen Ausschnitt angebracht, über diesen ein dünnes Brettchen geleimt, das etwa ein Fünftel der Schachtel bedeckt, und unter diesem Brettchen und zu beiden Seiten des Ausschnittes entspringend eine nasenförmige Verlängerung aus starkem Papier. Durch diese Einrichtung ist alles Verschütten verhindert und kann das Literglas ohne Trichter von der Schachtel aus gefüllt werden; zur Füllung des anderen, engeren Glases wurde ein gläserner Trichter benützt;

6, einem hölzernen (16 cm. hohen) Block, der oben eine 15 cm. tiefe und 22 cm. weite Concavität hat. In diesen wurde der Schädel während des Füllens gestellt; damit das Dach nicht hohl lag, hatte ich etwas von dem Vogelsaamen in die Aushöhlung gebracht.

## Untersuchungsmethode.

Ueber die Art und Weise des Wägens brauche ich nichts zu sagen. Nur sei hier die Bemerkung erlaubt, dass sich bei einer Wiederholung der Wägungen bei den meisten Schädeln ein um 5—8 Gramm höheres Gewicht ergeben wird, da jetzt sämmtliche Schädel der Münchener Sammlung mit Zügen (Tab. X) versehen sind, d. h. mit Messungsspiralen, welche beiderseits am Unterkiefer und in der entsprechenden Schläfengrube mit kleinen Schrauben befestigt sind, wodurch der Unterkiefer an den Oberkiefer angeschlossen, sein Abziehen aber in Folge der Dehnbarkeit der eng gewundenen Spiralen nicht unmöglich gemacht wird. Zu der Zeit, als meine Wägungen gemacht wurden, waren der grösste Theil der Franzosenschädel und sonst einige wenige Schädel mit solchen Zügen versehen.

Bei der Bestimmung der Capacität kommt alles darauf an, dass der Schädel vollkommen, d. h. so gefüllt ist, dass die Füllungsmasse überall die Wand des Schädels berührt und ferner, dass dieselbe im Schädel und in den Gläsern gleich fest aneinander liegt. Dies suchte ich durch folgendes Verfahren möglichst zu erreichen:

Während der Schädel im Blocke gestürzt stand und die beiden Fissurae orbitales superiores mit Daumen und Zeigefinger der linken Hand verschlossen wurden, ward aus der Blechkanne das Füllungsmaterial durch das Foramen magnum, an dessen Rand der Schnabel der Kanne aufgesetzt war, solange in die Schädelhöhle gegossen, bis es am Schnabel anstossend nicht mehr ausfloss. Dann wurde die Kanne zur Seite gestellt, der Schädel mit beiden Händen (wobei Daumen und Zeigefinger der linken Hand in den Orbitae verblieben) geschüttelt, dann weiter gefüllt. Dieses Verfahren wurde solange (3—4 mal) fortgesetzt, bis ein Hohlraum unter dem Foramen magnum durch Schütteln nicht mehr erzeugt werden konnte. Entstand ein solcher auch nicht mehr auf leichtes Anstossen des Stirnbeines an den Block und auf Klopfen mit der rechten Hand auf das Hinterhauptbein, so wurde mit dem Zeigefinger der rechten Hand durch das Foramen magnum eingegangen und nach allen Richtungen hin gefühlt, ob überall der gleiche Widerstand entgegentrete. Dadurch wurde wiederholt ein Hohlraum geschaffen, der öfteres Nachfüllen nöthig machte. Ueber den Clivus hin schien mir ein stärkerer Druck nöthig als in anderen Richtungen, da hier öfters der gleiche Widerstand vorgetäuscht wurde wie anderwärts, während der Türkensattel oder dessen Umgebung nur theilweise gefüllt war[1]). Das Material

---

[1]) Ich glaubte, dies liege in eigenthümlicher Beschaffenheit des Türkensattels; allein eine Besichtigung der Schädelbasis mit Hilfe eines Kehlkopfspiegels liess dort keine Abnormität erkennen.

Ebenso ist mir nicht ganz klar, warum das Material aus manchem Schädel viel schwieriger zu entfernen ist als gewöhnlich.

muss rings um den Rand des Foramen ovale anstehen oder in dasselbe eintreten. Zeigte sich überall der gleiche Widerstand, so wurde der Schädel allmälig bis zum Rande des Foramen magnum gefüllt, nochmals auf das Hinterhaupt geklopft, das etwa noch nöthig gewordene Material aufgegossen, mit dem Finger dem Foramen magnum entsprechend abgestreift und der Schädel in der Schachtel entleert. Von da aus wurde erst das Literglas beinahe ganz und dann das auf 500 cm. graduirte Glas gefüllt, das erstere alsdann 2 — 3 mal auf den Tisch gestossen, damit sich das Füllungsmaterial im Glase eben so oft als vorher im Schädel aneinander legen sollte, hienach in die Schachtel gestellt, dort vom kleinen Glase aus oder mittelst eines Löffels von der Schachtel aus, wenn hier noch Material vorhanden war, so lange aufgefüllt bis sich eine Haube bildete oder das Material überlief; endlich mit dem Lineal links und rechts an's Glas geklopft, abgestrichen und die 1000 Ccm. in die Blechkanne zurückgebracht. Jetzt wurde der in der Schachtel befindliche Rest noch in das kleine Glas aufgetragen und ähnlich wie oben verfahren, nur war hier statt abstreichen, ablesen nöthig. Fasste ein Schädel über 1500 Ccm., so wurde natürlich zweimaliges Füllen und Ablesen des kleinen Glases nöthig. 2000 Ccm. fasste kein Schädel.

Die erhaltenen Masse und Gewichte wurden auf elf Tabellen zusammengestellt und zwar enthalten die fünf ersten das Gewicht und die Capacität der verschiedenen Rassenschädel möglichst in der Ordnung wie sie in der anatomischen Sammlung neben einander stehen; auf Tabelle VI sind dieselben Masse von ausgegrabenen Schädeln und auf Tabelle VII von Kinderschädeln in verschiedenem Alter aufgeführt. Tabelle VIII und IX waren anfänglich nur für diejenigen Schädel bestimmt, von welchen das Hirngewicht bekannt ist. Dies ist nur von deutschen, französischen und Turkos-Schädeln bekannt. Da aber die Schädel dieser Völkerschaften nebst den Aegyptierschädeln die einzigen sind, von welchen nicht die einzelnen sondern nur die Maximal-, Minimal- und Mittelwerthe auf den vorhergehenden Tabellen verzeichnet wurden, in der Besorgniss, es möchte sonst durch diese (in grösserer Anzahl vorhandenen) Schädel der Ueberblick über die Rassen erschwert werden, so zog ich es vor, ein specielles Verzeichniss dieser Völkerschaften herzustellen und neben der Capacität und dem Schädelgewichte auch das Hirngewicht, wo es bekannt ist, in einer eigenen Rubrik zu verzeichnen. Dadurch ward erreicht, dass sämmtliche gegenwärtig in der anatomischen Sammlung befindlichen Schädel mit ihrem Gewichte und ihrer Capacität einzeln aufgeführt sind. Ich war zwar bemüht, wo es nur einigermassen anging, Mittelwerthe[1]) aus dem Gewicht und der Capacitätsgrösse der Schädel der verschiedenen Rassen und Nationen zu berechnen; allein dies hat seine Nachtheile und der grösste hievon besteht wohl darin, dass von den verschiedenen Rassen resp. Völkerschaften eine sehr verschiedene Anzahl von Schädeln vorhanden ist. Es scheint mir daher das Einzelverzeichniss viel wichtiger als die Mittelwerthe. Denn wie sich in der Münchener Sammlung viele Schädel von Deutschen (meistens Bayern), von Franzosen und Aegyptiern und eine nennenswerthe Anzahl Turkosschädel befinden, werden anderswo viele Schädel von Schweizern, Polen, Chinesen etc. sein. Würden nun von allen Schädeln einer jeden Sammlung die Masse einzeln verzeichnet, die Einzelmasse rubrikenweise zusammengestellt und addirt, so würde man für jedes Volk befriedigend zuverlässige Mittelzahlen berechnen können, wenigstens für die übrigen Punkte des Virchow'schen Schemas, aber auch für die Capacität, wenn allerorts in gleicher Weise, mit derselben Genauigkeit und Consequenz verfahren würde.

Tabelle X enthält die Resultate der Wägungen von 10 Schädeln, u. z. des ganzen Schädels mit Unterkiefer und Zug etc. dann des Hirn- und Gesichtsschädels allein, ferner des Unter-

---

[1]) Herr Obermedicinalrath v. Bischoff sagt: (Verhältniss des Horizontalumfangs des Schädels etc. Seite 33) ... „Es sind die individuellen Differenzen, die ich in meiner Liste zunächst zwischen Schädelinnenraum und Hirngewicht auftreten sehe, welche, wie mir scheint, den Werth einer Mittelzahl ganz illusorisch machen."

kiefers und endlich des Zuges. Das mittlere Gewicht des Unterkiefers ist darnach = 85 Gramm; der Unterkiefer verhält sich zum ganzen Schädel wie 1 : 8,5; zum Schädel ohne Unterkiefer wie 1 : 7,7.

Tabelle XI stellt Controlmessungen von 10 Schädeln dar. Die erste Rubrik enthält die Capacität, welche in einer der vorhergehenden Tabellen enthalten ist. Die drei folgenden Messungen (Rubrik II, III und IV) wurden etwa zwei Monate später als die erste unmittelbar nach einander gemacht und die zwei letzten Messungen (Rubrik V und VI) ein paar Tage später als die vorhergehenden, ebenfalls unmittelbar nacheinander. Die kleinste Differenz aller sechs Messungen beträgt 5 Ccm. Die grösste 17 Ccm. Es ergiebt sich ein durchschnittlicher Fehler von 8,5 Ccm.

In einer besonderen „Vergleichungstabelle" wurden endlich die Resultate der Messungen von Anderen zusammengestellt u. z. nur die Capacität und das Gewicht des Schädels und Hirns, wo dasselbe bekannt war. Dies geschah in einer Weise, wie es mir zur Vereinfachung der Vergleichung erspriesslich schien. Es wurden zu diesem Zwecke öfters Mittelzahlen festgestellt, Verhältnisszahlen berechnet, Unzen in Gramm verwandelt etc.

**T a -**

Innenraum und Gewicht von

| Lfd. Nummer | Katalog-Nummer | Zahl der Schädel | Nation | Capacität in Cubikcentim. | | | |
|---|---|---|---|---|---|---|---|
| | | | | der einzelnen Schädel | Maxim. | Minim. | Medium |
| 1 | 4—5 | 2 | Schweden ⚭ ☿ ♀ | 1275 / 1260 | — | — | — |
| 2 | 9—12 | 4 | Niederländer: Flanderer / Mann aus Löwen / Mann v. Schockland / Mann von Marken | 1735 / 1485 / 1515 / 1245 | 1735 | 1245 | 1495 |
| 3 | 13—68 | 56 | Franzosen | — | 1710 | 1200 | 1474,9 |
| 4 | 70 | 1 | Schweizer (Davos) | 1500 | — | — | — |
| 5 | 71—72 | 2 | Italiener | 1444 / 1470 | 1470 | 1444 | 1457 |
| 6 | 74—75 | 2 | Spanier | 1565 / 1500 | 1565 | 1500 | 1532,5 |
| 7 | 76—78 | 3 | Griechen | 1452 / 1849 / 1309 | 1452 | 1309 | 1403,7 |
| 8 | 79—80 | 2 | Polen | 1566 / 1510 | 1566 | 1510 | 1538 |
| 9 | 81—85 | 5 | Russen | 1650 / 1195 / 1588 / 1276 / 1307 | 1650 | 1195 | 1403,2 |
| 10 | 87—91 | 5 | Türken | 1534 / 1376 / 1502 / 1485 / ♀ 1300 | 1534 | 1376 | 1474,25 |
| 11 | 92—118 | 22 | Aegypter | — | 1605 | 1152 | 1372 |
| 12 | 119—120 | 2 | Abyssinier | 1502 / 1260 | 1502 | 1260 | 1381 |

# b e l l e  I.

Schädeln der kaukasischen Race.

| der ein- zelnen Schädel | Gewicht in Grammen | | | Bemerkungen. |
|---|---|---|---|---|
| | Maxim. | Minim. | Medium | |
| 579 596 990 522 894 579 | 990 | 522 | 746,3 | Zwischen männlich und weiblich wurde nur dann geschieden, wenn das Geschlecht bestimmt bekannt war; im Zweifel wurde keine Unterscheidung gemacht, sondern der Schädel den männlichen zugezählt. Werden weiter unten einzeln aufgeführt. Meist Männer von 18 bis 25 Jahren. |
| — | 873 | 514,5 | 681,75 | |
| 548 | — | — | — | Unterkiefer fehlt.  Rundschädel. |
| 636 612 | 636 | 612 | 624 | |
| 669 676 | 676 | 669 | 672,5 | Unterkiefer fehlt. |
| 480 485,5 505,5 | 505,5 | 480 | 490,3 | Loch am linken Scheitelbein. Unterkiefer fehlt. Unterkiefer und Theile des Oberkiefers fehlen. |
| 656 764 | 764 | 656 | 710 | |
| 502 463 693 784 538,5 | 784 | 463 | 596,1 | Unterkiefer fehlt.  Stirnnaht. |
| 670 598 703 660 | 703 | 598 | 657,75 | Ohne Unterkiefer. Loch im Hinterhauptbein. Unterkiefer fehlt.  Stirnnaht. |
| 702,5 | — | — | — | |
| — | 876 | 405 | 644,5 | Wahrscheinlich einige Frauenschädel darunter. |
| 558 656 | 656 | 558 | 607 | |

| Lfd. Nummer | Katalog-Nummer | Zahl der Schädel | Nation | Capacität in Cubikcentim. der einzelnen Schädel | Maxim. | Minim. | Medium |
|---|---|---|---|---|---|---|---|
| 13 | 121—122 | 2 | Araber . . . . | 1390)<br>1325) | 1390 | 1325 | 1357,5 |
| 14 | 123 | 1 | Kourougli (von Türken und Cabylen abstammend) . | 1577 | — | — | — |
| 15 | 124 | 1 | Cabyle . . . . | 1380 | — | — | — |
| 16 | 129—138 | 10 | Turkos . . . . | — | 1590 | 1337 | 1468,6 |
| 17 | 139—142 | 4 | Hindu . . . . | 1415)<br>1354(<br>1206(<br>1177) | 1415 | 1177 | 1288 |
| 18 | 1—3 u. 242—331 | 93 | Deutsche { 54 ☿<br>{ 39 ♀ | —<br>— | 1932<br>1665 | 1265<br>1115 | 1578,3<br>1360,95 |
| 19 | 332—357 | 24 | Deutsche { 23 ☿<br>Verbrecher{ 1 ♀ | —<br>1495 | 1730<br>— | 1250<br>— | 1501,95<br>— |
| | | 241 | | 1418,2 | 1531,9 | 1291,2 | 1492,9 |

T a -<br>Capacität und Gewicht

| Lfd. Nummer | Katalog-Nummer | Zahl der Schädel | Nation | Capacität in Cubikcentim. der einzelnen Schädel | Maxim. | Minim. | Medium |
|---|---|---|---|---|---|---|---|
| 20 | 145—146 | 2 | Esthen . { 1 ☿<br>{ 1 ♀ | 1365<br>1420 | — | — | — |
| 21 | 147 | 1 | Kosake . . . . | 1474 | — | — | — |
| 22 | 148 | 1 | Baskire . . . . | 1492 | — | — | — |
| 23 | 149—150 | 2 | Letten . { 1 ☿<br>{ 1 ♀ | 1325<br>1392 | — | — | — |
| 24 | 151—152 | 2 | Finnen . . . . | 1391)<br>1687) | 1687 | 1391 | 1539 |
| 25 | 153—154 | 2 | Lappen . . . . | 1120)<br>1372) | 1372 | 1120 | 1246 |
| 26 | 159 | 1 | Mongole . . . . | 1571) | — | — | — |
| 27 | 161—166 | 6 | Kalmücken { 4 ☿<br>{ 2 ♀ | 1425(<br>1736(<br>1922(<br>1627)<br>1620)<br>1365) | 1922<br>1620 | 1425<br>1365 | 1677,5<br>1492,5 |
| | | 17 | | 1487,3 | 1650,2 | 1325,2 | 1488,7 |

| der einzelnen Schädel | Maxim. | Minim. | Medium | Bemerkungen. |
|---|---|---|---|---|
| 548 } 524 | 548 | 524 | 536 | |
| 649 | — | — | — | |
| 700 | — | — | — | |
| — | 867 | 597 | 740,5 | Meistens Männer in den 20er Jahren. |
| 702 } 487 429 607 | 702 | 429 | 556,25 | |
| — | 922 | 481,5 | 702,7 | |
| — | 885 | 321 | 664,1 | Grösstentheils Schädel v. alten Weibern. |
| — | 904 | 402 | 644,9 | |
| 1085! | — | — | — | |
| 686,5 | 768,2 | 514,5 | 642,2 | Mittelzahlen für die Rasse etc. |

Der Gewicht in Grammen.

## b e l l e II.
### von Mongolen-Schädeln.

| der einzelnen Schädel | Maxim. | Minim. | Medium | Bemerkungen. |
|---|---|---|---|---|
| 650 | — | — | — | |
| 650 | — | — | — | |
| 693 | — | — | — | Unterkiefer fehlt. |
| 738 | — | — | — | Unterkiefer fehlt.   Stirnnaht. |
| 633 | — | — | — | |
| 542 | | | | |
| 662 } 665 | 665 | 662 | 663,5 | Unterkiefer fehlt. Stirnnaht. |
| 415 } 455 | 455 | 415 | 435 | Unterkiefer fehlt. |
| 965,5 | — | — | — | |
| 587 | | | | Ohne Unterkiefer. |
| 802 } 772 842 | 842 | 587 | 750,75 | |
| 775,5 } 732 | 775,5 | 732 | 753,75 | |
| 681,1 | 684,4 | 599 | 650,8 | Mittelzahlen für die Rasse. |

**T a -**
Capacität und Gewicht

| Lfd. Nummer | Katalog-Nummer | Zahl der Schädel | Nation | Capacität in Cubikcentimetern der einzelnen Schädel | Maxim. | Minim. | Medium |
|---|---|---|---|---|---|---|---|
| 28 | 170—177 | 8 | Neger { Sierra Leona 1436<br>Ebf. Westküste 1212<br>Sudan . . . 1212<br>Ebf. Westküste 1422<br>„ ., 1395<br>Angola . . 1347<br>Angola . . . 1312<br>Westk. Afrika 1482 } | | 1482 | 1212 | 1352,25 |
| 29 | 180 | 1 | Kaffer . . . . 1572 | | — | — | — |
| 30 | 187—197 | 7 | Australneger { Neu-Guinea . 1175<br>Insel . Darnley 1245<br>Neuholland . 1265<br>Alfuru Schädel 1238<br>Arfakker (von Neu-Guinea) 1281<br>Alfuru (Berg-stamm Ceram) . . 1207 } | | 1281 | 1175 | 1235,16 |
| | | 1 ♀ | Dorah (Neu-Guinea) . 1075 | | — | — | — |
| | | 16 | | 1304,7 | 1381,5 | 1193,5 | 1293,7 |

# b e l l e  III.

von Schädeln von Aethiopiern.

| der ein-zelnen Schädel | Gewicht in Grammen | | | Bemerkungen. |
| --- | --- | --- | --- | --- |
| | Maxim. | Minim. | Medium | |
| 607 876 548 642 889,5 685 795 575 | 889,5 | 548 | 702,2 | |
| 907 | — | — | — | Ein Stück vom linken Jochbein fehlt. Ohne Unterkiefer. |
| 571 749 802 596 403 | 802 | 402 | 587,17 | Ohne Unterkiefer. |
| 402 | | | | Ohne Unterkiefer. Vielleicht ein weiblicher Schädel. |
| 609,5 | | | | |
| 628,5 | 845,7 | 475 | 644,7 | Mittelzahlen für die Rasse. |

**T a -**
Capacität und

| Lfd. Nummer | Katalog-Nummer | Zahl der Schädel | Nation | Capacität in Cubikcentimetern. | | | |
|---|---|---|---|---|---|---|---|
| | | | | der einzelnen Schädel | Maxim. | Minim. | Medium |
| 31 | 200 | 1 | Coroados (S.-Amer.) | 1295 | — | — | — |
| 32 | 202 | 1 | Guanche v. Camaria | 1512 | — | — | — |
| 33 | 203—204 | 2 | Chilesen . . . . | 1525 1503 | 1525 | 1503 | 1514 |
| 34 | 211—212 u. 186 | 3 | Indianer { Columbia . . / Columbia . . / Brasilien . . | 1400 1350 1350 | 1400 | 1350 | 1366 |
| 35 | 218 | 1 | Eingeb. v. Curassao | 1400 | — | — | — |
| 36 | 219 | 1 | Seminolech.(Florid.) | 1595 | — | — | — |
| 37 | 220 | 1 | Californisch. Häuptling (a. Hio) . | 1290 | — | — | — |
| | | 10 | | 1422 | 1462,5 | 1426,5 | 1440 |

**T a -**
Capacität und

| Lfd. Nummer | Katalog-Nummer | Zahl der Schädel | Nation | der einzelnen Schädel | Maxim. | Minim. | Medium |
|---|---|---|---|---|---|---|---|
| 38 | 221—227 | 7 | Javanesen . { 5 ☿ | 1300 1320 1490 1384 1405 | 1490 | 1300 | 1379,8 |
| | | | { 2 ♀ | 1525 1405 | 1525 | 1405 | 1465 |
| 39 | 231—234 | 4 | Bewohner v. Celebes | 1402 1418 1255 1602 | 1602 | 1255 | 1419,2 |
| 40 | 229 235 239 230 | 4 | Bewohn. v. kl. htrind. Inseln. { Nias . . / Bali . . / Timor . / Amboina | 1464 1528 1606 1477 | 1606 | 1464 | 1519,2 |
| 41 | 238 | 1 | Ceylonier . . . | 1417 | — | — | — |
| 42 | 236—237 | 2 | Chinesen . . . | 1442 1510 | 1510 | 1442 | 1476 |
| 43 | 240 | 1 | Unbekannt. Malaye | 1487 | — | — | — |
| | | 19 | | 1444 | 1546,6 | 1373,2 | 1451,8 |

# belle IV.

Gewicht von Amerikaner-Schädeln.

| Gewicht in Grammen. | | | | Bemerkungen. |
|---|---|---|---|---|
| der einzelnen Schädel | Maxim. | Minim. | Medium | |
| 674 | — | — | — | |
| 698 | — | — | — | Unterkiefer fehlt. |
| 585 577 | 585 | 577 | 581 | Unterk. u. ein Theil des Oberk. fehlen. Unterk. fehlt. Nach hinten thurmartig verlängerter Schädel. |
| 685 680 622 | 685 | 622 | 662,3 | Breiter Schädel. Stirn abgeglättet. |
| 1003 | — | — | — | |
| 609 | — | — | — | |
| 663 | — | — | — | |
| 679,6 | 635 | 599,5 | 621,6 | |

# belle V.

Gewicht von Malayen-Schädeln.

| | | | | |
|---|---|---|---|---|
| 508 700 775 681 743,5 | 775 | 508 | 681,5 | Gefeilte und gefärbte Zähne. „ „ „ „ „ „ „ „ „ „ „ „ |
| 737 735 | 737 | 735 | 736 | „ „ „ „ „ „ „ „ |
| 724,5 635 598 | 839,5 | 598 | 696,75 | „ „ „ „ Ohne Unterkiefer. Gefeilte Zähne. |
| 839,5 | | | | Gefärbte und gefeilte Zähne. |
| 798 828 584 769 | 828 | 584 | 744,7 | Gefeilte und gefärbte Zähne. Ohne Unterkiefer. Loch an der Basis. Gefärbte Zähne. |
| 768 | — | — | — | |
| 927 828 | 927 | 828 | 879,5 | Gefärbte und gefeilte Zähne. |
| 830 | — | — | — | Gefärbte Zähne. |
| 737,3 | 821,3 | 650,6 | 747,7 | |

# Tabelle VI.

### Ausgegrabene Schädel.

| Lfd. Nummer | Katalog-Nummer | Fundort | Capacität | Gewicht | Bemerkungen. |
|---|---|---|---|---|---|
| 44 | 382 | Schädel eines Etruskers . | 1620 | 880 | Ohne Unterk. Unrein. |
| 45 | 387 | Schädel bei Freising aus-<br>gegraben (3. Jahrh.) . | 1325 | 427 | Loch am Hinterhaupt-<br>bein. |
| 46 | 388 | Schädel aus Würzburg . | 1305 | 682 | Unterkiefer fehlt. |
| 47 | 389 | Schädel aus Mainz . . | 1310 | 513 | |
| 48 | 390 | Sch.-Fundort unbekannt . | 1515 | 713 | |
| 49 | 391 | Sch. aus d. zool. Sammlung | 1107 | 606 | Ohne Unterkiefer. |
| 50 | 392 | ,, ,, ,, ,, | 1185 | 524 | ,, ,, |
| 51 | 393 | ,, ,, ,, ,, | 1260 | 669 | ,, ,, |
| 52 | 394 | ,, ,, ,, ,, | 1420 | 729 | ,, ,, |
| 53 | 395 | ,, ,, ,, ,, | 1282 | 673 | Stirnnaht. |
| 54 | 396 | ,, ,, ,, ,, | 1215 | 408 | Ohne Unterkiefer. |
| 55 | 398 | ,, ,, ,, ,, | 1410 | 630 | ,, ,, |
| 56 | 406 | Schädel eines Bayers aus<br>Fridolfing . . . . | 1375 | 510 | Unterk. u. Theile des<br>Jochbeins fehlen. |
| 57 | 409 | Schädel aus d. Münch'ner<br>Kirchhof (1770) . . | 1755 | 560 | Unterk. Oberk. Keil-<br>beinflügelfortsätze<br>fehlen. |
| 58 | 410 | do. do. do. | 1330 | 541 | Greis, ohne Zähne. |
| 59 | 411 | do. do. do. | 1490 | 568 | ,, ,, ,, |
| 60 | 412 | do. do. do. | 1635 | 657 | Stirnnaht. |
| 61 | 414 | do. do. do. | 1375 | 483 | Ohne Unterkiefer. |
| 62 | 415 | do. do. (1670) | 1375 | 450 | Ohne Unter- u. Oberk. |
| 63 | 416 | do. do. do. | 1580 | 329⎫ | Unterk., Theile des |
| 64 | 417 | do. do. do. | 1470 | 477⎭ | Oberk. und Joch-<br>beine fehlen. |
| 65 | 418 | do. do. do. | 1510 | 506 | Unterk. u. Theile des<br>Oberk. fehlen. |
| 66 | 419 | do. do. do. | 1390 | 490 | do. do. do. |
| 67 | 420 | do. do. do. | 1290 | 455 | Unterk., Oberk., Gau-<br>menbeine u. Proc.<br>pterygoid. fehlen. |

| Lfd. Nummer | Katalog-Nummer | Fundort. | Capacität | Gewicht | Bemerkungen. |
|---|---|---|---|---|---|
| 68 | 422 | Sch. aus dem Münch'ner Kirchhof (1670) . . | 1485 | 465 | Unterk., Oberk., Jochbeine fehlen. Loch im Hint.-Hauptb. |
| 69 | 430 | Sch. aus der Münch'ner Frauenkirche . . . | 1605 | 591 | Ohne Unterkiefer. |
| 70 | 431 | do. do. do. | 1440 | 551 | „ „ |
| 71 | 433 | Sch. b. Murnau ausgegrab. | 1280 | 560 | „ „ |
| 72 | 434 | „ „ „ | 1330 | 397 | Ohne Unterk. Loch im Hinterhauptbein. |
| 73 | 436 | „ „ „ | 1430 | 515 | |
| 74 | 438 | „ „ „ | 1615 | 457,5 | Unterk., Oberk., Jochbeine fehlen. Grosses Loch in den Orbitaldächern. |
| 75 | 444 | Sch. b. Nordendorf ausgegr. | 1330 | 747 | |
| 76 | 445 | „ „ „ | 1210 | 466 | Ohne Unterkiefer. |
| 77 | 447 | „ „ „ | 1470 | 438 | Ohne Unter- u. Oberkiefer. Grosses Loch an d. Schädelbasis. |
| 78 | 484 | Schädel von Feldafing . | 1685 | 515 | Atlas mit dem Hinterhauptbein verwachsen. Stirnnaht. |
| 79 | 485 | „ „ „ . | 1460 | 625 | |
| 80 | 507 | Naturforscher Spix aus dem Münchener Kirchhofe (45 Jahre alt) . | 1335 | 867 | |
| | | | 1413,7 | 555,5 | |

# Tabelle VII.

### Schädel von Kindern.

| Lfd. Nummer | Katalog-Nummer | Alter und Rasse | Capacität | Gewicht | Bemerkungen. |
|---|---|---|---|---|---|
| 81 | 358 | Embryo im 3. Monat | — | 2,1 | |
| 82 | 359 | „ „ 3.—4. „ | 27—30,0 | 2,0 | |
| 83 | 360 | Foetus „ 4. „ | 35 | 3 | |
| 84 | 361 | „ „ 5. „ | 75 | 14 | |
| 85 | 362 | „ „ 5.—6. „ | 113 | 11 | |
| 86 | 363 | „ „ 7. „ | 133 | 16 | |
| 87 | 364 | „ „ 8. „ | 170 | 19 | |
| 88 | 365 | Kinder, einige Tage oder Wochen alt (5 Tg. alt) | 175 | 19 | |
| 89 | 366 | do. do. do. | 230 | 23 | |
| 90 | 367 | do. do. do | 250 | 36,5 | |
| 91 | 368 | do. do. do. | 295 | 40 | |
| 92 | 369 | do. do. do. | 300 | 49 | |
| 93 | 370 | do. do. do. | 575 | 72 | Sehr ausgebildeter Schädel. |
| 94 | 371 | do. do. do. | 580 | 70 | Eine Nähnadel geht neben dem Proc. condyl. sinist. in die Schädelhöhle. |
| 95 | 372 | do. do. do. | 585 | 68,5 | |
| | | **Aeltere Kinder.** | | | |
| 96 | 373 | Kind mit 4 Jahren . . | 1095 | 161 | |
| 97 | 201 | Coroadosknabe 6—7 J. a. | 1000 | 212 | |
| 98 | 69 | Kind a. Savoyen 6—7 „ | 1325 | 379 | |
| 99 | 374 | Deutsches Kind 7 „ | 1145 | 262 | |
| 100 | 375 | „ „ 7—8 „ | 1270 | 299 | |
| 101 | 376 | „ „ 8 „ | 1135 | 292 | |
| 102 | 377 | „ „ 9? „ | 1090 | 279 | |
| 103 | 378 | „ Mädchen 9 „ | 1415 | 378 | |
| 104 | 379 | Deutscher Knabe 10 „ | 1275 | 434 | |
| 105 | 78 | Knabe a. Südtyrol 12 „ | 1540 | 533 | |
| 106 | 380 | Deutscher Knabe 15 „ | 1325 | 462 | |

# Tabelle VIII.

### Verzeichniss der Schädel — von Deutschen insbesondere —

mit Angabe des Schädelgewichtes, der Schädelcapacität und des Hirngewichtes, wo dasselbe bekannt ist.

| | | | | **Männer** | | |
|---|---|---|---|---|---|---|
| Laufende Nummer | Katalog-Nummer | Hirn-Gewicht | Schädel-Capacität | Schädel-Gewicht | Bemerkungen. |
| 107 | 1 | — | 1545 | 839 | |
| 108 | 242 | — | 1700 | 753 | Ohne Unterkiefer. |
| 109 | 243 | — | 1594 | 750 | „        „ |
| 110 | 244 | — | 1735 | 644 | „        „ |
| 111 | 245 | — | 1500 | 666,5 | „        „ |
| 112 | 246 | — | 1522 | 815 | „        „ |
| 113 | Ohne N. | — | 1530 | 665 | (108 — 112 mit phrenolog. Zeichnungen, 108 von Gall selbst gezeichnet). |
| 114 | 248 | — | 1416 | 679 | |
| 115 | 249 | — | 1520 | 906,5 | |
| 116 | 250 | — | 1457 | 713,5 | |
| 117 | 251 | — | 1380 | 739,3 | Vielleicht weiblich. |
| 118 | 252 | — | 1360 | 535 | „        „        und Ohne Unterkiefer. |
| 119 | 253 | — | 1443 | 839 | Brachycephal. |
| 120 | 254 | — | 1416 | 738 | |
| 121 | 255 | — | 1696 | 764 | |
| 122 | 256 | — | 1502 | 827 | Ohne Unterkiefer. |
| 123 | 257 | — | 1480 | 576,5 | „        „        Stirnnaht. |
| 124 | 258 | — | 1587 | 535 | |
| 125 | 259 | — | 1450 | 840,5 | Unreines, schmieriges Aussehen. |
| 126 | 260 | — | 1465 | 673 | |
| 127 | Ohne N. | — | 1685 | 833 | |
| 128 | 285 | — | 1465 | 736 | |
| 129 | 286 | — | 1436 | 618 | |
| 130 | 287 | — | 1865 | 749 | Ohne Unterkiefer. |
| 131 | 288 | — | 1630 | 481,5 | |
| 132 | 289 | 1560 | 1793 | 601 | Stirnnaht. |

| | | | | | Männer |
| --- | --- | --- | --- | --- | --- |
| Laufende Nummer | Katalog-Nummer | Hirn-Gewicht | Schädel-Capacität | Schädel-Gewicht | Bemerkungen. |
| 133 | 290 | — | 1265 | 786 | Vielleicht ein Frauenschädel. |
| 134 | 292 | — | 1490 | 556 | (Thurmkopf) alle Zähne. |
| 135 | 293 | — | 1494 | 659 | Ohne Unterkiefer. |
| 136 | 296 | — | 1608 | 650 | |
| 137 | 297 | — | 1520 | 685 | |
| 138 | 298 | — | 1625 | 728 | Dolichoceph. |
| 139 | 300 | — | 1450 | 595 | |
| 140 | 301 | — | 1794 | 600 | Eigenthümlich vorspringende Hinterhauptschuppe. |
| 141 | 302 | — | 1932 | 587 | |
| 142 | 303 | — | 1622 | 666 | |
| 143 | 303 | — | 1563 | 565 | |
| 144 | 305 | — | 1318 | 592 | |
| 145 | 306 | — | 1530 | 669 | Stark verschobener Schädel. |
| 146 | 307 | — | 1825 | 853 | Abgeschliffene Zähne. |
| 147 | 308 | — | 1630 | 668 | Zwickelbein. |
| 148 | 309 | — | 1636 | 737 | |
| 149 | 310 | — | 1433 | 671 | Zwickelbein.   Stirnnaht. |
| 150 | 311 | 1665 | 1710 | 635 | |
| 151 | 312 | 1678 | 1790 | 922 | |
| | | | Verbrecher und Verbrecherin | | |
| 152 | 313 | 1770 | 1900 | 657 | |
| 153 | 314 | 1404 | 1708 | 836 | |
| 154 | 315 | 1420 | 1804 | 728 | Stirnnaht; an derselben eine Trepanöffnung. |
| 155 | 316 | 1426 | 1900 | 859 | |
| 156 | 317 | — | 1500 | 677 | |
| 157 | 319 | — | 1376 | 693 | |
| 158 | 320 | — | 1490 | 536 | Ohne Unterkiefer; Stirnnaht. |
| 159 | 321 | — | 1490 | 735 | |
| 160 | 327 | — | 1655 | 785 | Greis ohne Zähne. |
| | | 1550,4 | 1578,3 | 702,7 | |

| | Deutsche Verbrecher | | | | |
|---|---|---|---|---|---|
| Laufende Nummer | Katalog-Nummer | Hirn-Gewicht | Schädel-Capacität | Schädel-Gewicht | Bemerkungen. |
| 161 | 332 | — | 1727 | 802 | |
| 162 | 333 | — | 1475 | 574 | Ohne Unterkiefer. |
| 163 | 334 | — | 1560 | 583 | |
| 164 | 335 | — | 1730 | 633 | |
| 165 | 336 | — | 1450 | 402 | |
| 166 | 337 | — | 1300 | 416 | Ohne Unterkiefer. |
| 167 | 338 | — | 1405 | 778 | |
| 168 | 339 | — | 1575 | 812 | Ein Stück vom Hinterhaupt-bein weggehauen. |
| 169 | 340 | 1215 | 1395 | 717 | |
| 170 | 341 | 1180 | 1508 | 816,5 | |
| 171 | 342 | 1199 | 1562 | 695 | |
| 172 | 343 | 1333 | 1355 | 674 | |
| 173 | 344 | 1095 | 1250 | 668 | Untere Eckzähne sehr stark. |
| 174 | 345 | 1332 | 1487 | 904 | |
| 175 | 346 | 1431 | 1675 | 850 | |
| 176 | 349 | 1365 | 1475 | 688 | |
| 177 | 350 | 1370 | 1650 | 840 | |
| 178 | 352 | — | 1590 | 614 | |
| 179 | 353 | 1512 | 1690 | 899 | |
| 180 | 354 | — | 1615 | 713 | |
| 181 | 355 | — | 1395 | 483 | |
| 182 | 356 | — | 1330 | 618 | |
| 183 | 357 | — | 1345 | 553 | |
| | | 1308,9 | 1501,9 | 644,9 | |
| | Verbrecherin | | | | |
| 184 | 351 | 1400 | 1495 | 1035 | 33 Jahre alt. |
| | Frauen | | | | |
| 185 | 2 | — | 1275 | 579 | |
| 186 | 3 | — | 1250 | 522 | |
| 187 | 261 | — | 1344 | 556 | |

| | | | | | |
|---|---|---|---|---|---|
| | | | | | |

<table>
<tr><td colspan="6" align="center">F r a u e n</td></tr>
<tr><td>Laufende Nummer</td><td>Katalog-Nummer</td><td>Hirn-Gewicht</td><td>Schädel-Capacität</td><td>Schädel-Gewicht</td><td>Bemerkungen.</td></tr>
<tr><td>188</td><td>262</td><td>—</td><td>1295</td><td>600</td><td></td></tr>
<tr><td>189</td><td>263</td><td>—</td><td>1375</td><td>596</td><td></td></tr>
<tr><td>190</td><td>264</td><td>—</td><td>1423</td><td>616</td><td>Wüstes, grünliches Aussehen.</td></tr>
<tr><td>191</td><td>265</td><td>—</td><td>1145</td><td>665</td><td></td></tr>
<tr><td>192</td><td>266</td><td>—</td><td>1317</td><td>578</td><td></td></tr>
<tr><td>193</td><td>267</td><td>—</td><td>1475</td><td>439</td><td></td></tr>
<tr><td>194</td><td>268</td><td>—</td><td>1326</td><td>589</td><td></td></tr>
<tr><td>195</td><td>269</td><td>—</td><td>1390</td><td>321</td><td>Ohne Unterkiefer.</td></tr>
<tr><td>196</td><td>270</td><td>1543</td><td>1665</td><td>734</td><td></td></tr>
<tr><td>197</td><td>271</td><td>1345</td><td>1235</td><td>587</td><td></td></tr>
<tr><td>198</td><td>272</td><td>—</td><td>1287</td><td>676</td><td></td></tr>
<tr><td>199</td><td>273</td><td>—</td><td>1300</td><td>599</td><td></td></tr>
<tr><td>200</td><td>274</td><td>—</td><td>1612</td><td>538</td><td></td></tr>
<tr><td>201</td><td>275</td><td>—</td><td>1518</td><td>499,5</td><td>Ohne Unterkiefer.</td></tr>
<tr><td>202</td><td>276</td><td>—</td><td>1457</td><td>573</td><td>„          „</td></tr>
<tr><td>203</td><td>277</td><td>—</td><td>1567</td><td>584</td><td>„          „</td></tr>
<tr><td>204</td><td>278</td><td>—</td><td>1248</td><td>589</td><td>„          „</td></tr>
<tr><td>205</td><td>279</td><td>—</td><td>1175</td><td>446</td><td>„          „</td></tr>
<tr><td>206</td><td>280</td><td>—</td><td>1640</td><td>786</td><td></td></tr>
<tr><td>207</td><td>281</td><td>—</td><td>1462</td><td>764,5</td><td></td></tr>
<tr><td>208</td><td>282</td><td>—</td><td>1656</td><td>847</td><td></td></tr>
<tr><td>209</td><td>283</td><td>—</td><td>1532</td><td>714</td><td></td></tr>
<tr><td>210</td><td>284</td><td>—</td><td>1515</td><td>846</td><td></td></tr>
<tr><td>211</td><td>291</td><td>—</td><td>1482</td><td>523</td><td></td></tr>
<tr><td>212</td><td>294</td><td>—</td><td>1197</td><td>517</td><td>Ohne Unterkiefer.</td></tr>
<tr><td>213</td><td>295</td><td>1300</td><td>1385</td><td>522</td><td>Brachycephal.</td></tr>
<tr><td>214</td><td>299</td><td>—</td><td>1370</td><td>577,5</td><td>Ohne Unterkiefer.</td></tr>
<tr><td>215</td><td>318</td><td>—</td><td>1277</td><td>530</td><td>„          „          Stirnnaht.</td></tr>
<tr><td>216</td><td>322</td><td>—</td><td>1248</td><td>885</td><td>Greisin; ohne Zähne, Schwund der orbita.</td></tr>
<tr><td>217</td><td>323</td><td>—</td><td>1300</td><td>325,5</td><td>Greisin; ohne Zähne, Kiefer-Schwund.</td></tr>
</table>

| | | | | | |
|---|---|---|---|---|---|
| | | | F r a u e n | | |

| Laufende Nummer | Katalog-Nummer | Hirn-Gewicht | Schädel-Capacität | Schädel-Gewicht | Bemerkungen. |
|---|---|---|---|---|---|
| 218 | 324 | — | 1364 | 543 | Kieferschwund. |
| 219 | 326 | — | 1155 | 662 | Ohne Zähne.　Schmieriger Schädel. |
| 220 | 328 | — | 1303 | 408 | Ohne Zähne. |
| 221 | 329 | — | 1182 | 367 | „　„ |
| 222 | 330 | — | 1115 | 513 | „　„ |
| 223 | 331 | — | 1215 | 682 | |
| | | 1396 | 1360,9 | 664,1 | |

# Tabelle IX.

## Verzeichniss der Schädel von Franzosen, Aegyptern und Turkos insbesondere

mit Angabe des Schädelgewichtes, der Schädelcapacität und des Hirngewichtes, wo dasselbe bekannt ist.

### Franzosen, meistens im Alter von 20—30 Jahren

| Laufende Nummer | Katalog-Nummer | Hirn-Gewicht | Schädel-Capacität | Schädel-Gewicht | Bemerkungen. |
|---|---|---|---|---|---|
| 224 | 13 | — | 1320 | 779 | |
| 225 | 14 | — | 1340 | 838 | |
| 226 | 15 | — | 1445 | 709 | |
| 227 | 16 | — | 1580 | 600 | Stirnnaht. |
| 228 | 17 | — | 1465 | 577 | |
| 229 | 18 | — | 1555 | 697 | |
| 230 | 19 | 1180 | 1295 | 564,5 | |
| 231 | 20 | 1387 | 1450 | 817 | |
| 232 | 21 | 1119 | 1200 | 605 | |
| 233 | 22 | 1148 | 1225 | 656 | |
| 234 | 23 | 1497 | 1595 | 710 | |
| 235 | 24 | — | 1485 | 800 | |
| 236 | 25 | 1349 | 1515 | 774 | |

| | | | | | |
|---|---|---|---|---|---|
| Franzosen, meistens im Alter von 20 — 30 Jahren | | | | | |
| Laufende Nummer | Katalog-Nummer | Hirn-Gewicht | Schädel-Capacität | Schädel-Gewicht | Bemerkungen. |
| 237 | 26 | — | 1575 | 628 | |
| 238 | 27 | 1463 | 1440 | 843 | |
| 239 | 28 | 1376? | 1440 | 833 | |
| 240 | 29 | 1480 | 1520 | 645 | |
| 241 | 30 | 1627 | 1710 | 726 | |
| 242 | 31 | 1325 | 1445 | 628 | |
| 243 | 32 | 1443 | 1575 | 768 | Sämmtliche Zähne. |
| 244 | 33 | 1267 | 1365 | 633 | |
| 245 | 34 | 1493 | 1435 | 680 | |
| 246 | 35 | 1450 | 1510 | 758 | |
| 247 | 36 | 1653? | 1695 | 685 | |
| 248 | 37 | 1232 | 1375 | 584 | Sehr flaches Schädeldach. Stirnnaht. |
| 249 | 38 | 1531 | 1655 | 702 | |
| 250 | 39 | 1443 | 1512 | 640 | |
| 251 | 40 | 1426 | 1515 | 632 | |
| 252 | 41 | 1341 | 1450 | 644 | |
| 253 | 42 | 1231 | 1360 | 594 | |
| 254 | 43 | 1366 | 1421 | 585 | |
| 255 | 44 | 1365 | 1410 | 631 | |
| 256 | 45 | 1365 | 1452 | 752 | |
| 257 | 46 | 1382 | 1476 | 534 | |
| 258 | 47 | 1260 | 1365 | 639 | |
| 259 | 48 | 1422 | 1515 | 697 | |
| 260 | 49 | 1493 | 1666 | 847 | |
| 261 | 50 | 1275 | 1317 | 554 | |
| 262 | 51 | 1320 | 1476 | 728 | |
| 263 | 52 | 1220 | 1402 | 873 | |
| 264 | 53 | 1446 | 1535 | 760 | |
| 265 | 54 | 1283 | 1380 | 862 | |
| 266 | 55 | 1412 | 1515 | 677 | |
| 267 | 56 | 1369 | 1471 | 577 | |

| Laufende Nummer | Katalog-Nummer | Hirn-Gewicht | Schädel-Capacität | Schädel-Gewicht | Bemerkungen. |
|---|---|---|---|---|---|
| **Franzosen, meistens im Alter von 20 — 30 Jahren** | | | | | |
| 268 | 57 | 1368 | 1566 | 789 | |
| 269 | 58 | 1425 | 1585 | 654 | |
| 270 | 59 | 1371 | 1485 | 665 | |
| .271 | 60 | 1816 | 1455 | 649,5 | |
| 272 | 61 | 1410 | 1462 | 778 | |
| 273 | 62 | 1288 | 1386 | 534,5 | |
| 274 | 63 | 1585 | 1652 | 603 | |
| 275 | 64 | 1439 | 1500 | 514,5 | |
| 276 | 65 | 1374 | 1463 | 791 | |
| 277 | 66 | 1572 | 1648 | 625 | Stirnnaht. |
| 278 | 67 | 1303 | 1510 | 801 | |
| 279 | 68 | 1330 | 1432 | 548,5 | |
| | | 1381,6 | 1474,9 | 681,7 | |
| **Aegypter** | | | | | |
| 280 | 92 | — | 1300 | 754 | Unterkiefer fehlt. |
| 281 | 93 | — | 1386 | 693,5 | |
| 282 | 94 | — | 1280 | 424 | Unterk., Oberk., Jochbeine, Nasenbeine etc. fehlen. |
| 283 | 95 | — | 1370 | 675 | |
| 284 | 97 | — | 1152 | 405 | |
| 285 | 98 | — | 1169 | 566 | Unterkiefer fehlt. |
| 286 | 99 | — | 1132 | 602 | „        „ |
| 287 | 102 | — | 1220 | 514,5 | Unterkiefer, Theile des Jochbeines und der Proc. condyl. fehlen. |
| 288 | 103 | — | 1605 | 736 | |

| Laufende Nummer | Katalog-Nummer | Hirn-Gewicht | Schädel-Capacität | Schädel-Gewicht | Bemerkungen. |
|---|---|---|---|---|---|
| | | | | | **Aegypter** |
| 289 | 105 | — | 1258 | 673 | Unterk., Thränenbein, Siebbeinmuscheln etc. fehlen. |
| 290 | 106 | — | 1170 | 529,5 | Ohne Unterkiefer. |
| 291 | 108 | — | 1535 | 537 | „        „ |
| 292 | 109 | — | 1492 | 714 | |
| 293 | 110 | — | 1520 | 867 | Fellah an Lepra gestorben. |
| 294 | 111 | — | 1425 | 514 | |
| 295 | 112 | — | 1305 | 600 | |
| 296 | 113 | — | 1500 | 657 | |
| 297 | 114 | — | 1275 | 668 | |
| 298 | 115 | — | 1465 | 876 | |
| 299 | 116 | — | 1332 | 754,5 | |
| 300 | 117 | — | 1430 | 668 | |
| 301 | 118 | — | 1364 | 751 | |
| | | — | 1372 | 644,5 | |

**Turkos im Alter von 25 — 30 Jahren**

| Laufende Nummer | Katalog-Nummer | Hirn-Gewicht | Schädel-Capacität | Schädel-Gewicht | Bemerkungen. |
|---|---|---|---|---|---|
| 302 | 129 | — | 1440 | 753 | |
| 303 | 130 | — | 1465 | 597 | |
| 304 | 131 | 1305 | 1422 | 722 | |
| 305 | 132 | — | 1536 | 746 | |
| 306 | 133 | 1341 | 1460 | 661,5 | |
| 307 | 134 | — | 1590 | 867 | |
| 308 | 135 | 1311 | 1436 | 751 | |
| 309 | 136 | 1363 | 1470 | 834 | |
| 310 | 137 | 1385 | 1337 | 752 | |
| 311 | 138 | 1381 | 1530 | 722 | |
| | | 1347'7 | 1468,6 | 740,5 | |

# Tabelle X.

Gewicht einzelner Schädel sowohl mit als ohne Unterkiefer und Adnexa.

| Laufende Nummer | Katalog-Nummer | Schädel m. Unterkiefer etc. | Schädel ohne Unt.-kiefer etc. | Unterkiefer | Zug | Bemerkungen. |
|---|---|---|---|---|---|---|
| 312 | 52 | 878 | 769 | 99,2 | 5,8 | 4 Gramm wiegt eine kleine am Schädel angehängte Bleiplatte. Im Unterk. fehlen 2 Mahlzähne; 3 Zähne cariös. |
| 313 | 64 | 518,7 | 441 | 70 | 5,4 | 2,3 wiegt eine Bleiplatte. |
| 314 | 81 | 507 | 426,6 | 75,4 | 5,0 | 4 Stockzähne des Unterk. stark cariös; 5 Zähne des Oberkief. fehlen. |
| 315 | 109 | 719,8 | 637,9 | 76,1 | 5,8 | Weisheitszähne im Durchbruch begriffen; 1 cariöser Zahn des Oberk.; 4 obere und 2 untere Schneidezähne abgebrochen. |
| 316 | 159 | 971 | 861,6 | 113,9 | 5,5 | Oberk. fehlen 8 Zähne; Unterk. 2 Schneide- und 1 Mahlzahn. |
| 317 | 177 | 582,1 | 554,1 | 21,0 | 7,1 | Am Oberk. fehlen 2 Schneidezähne, am Unterk. 4 Schneide-, 1 Eck- und 1 Mahlzahn. |
| 318 | 180 | 914 | 792 | 115,9 | 6,1 | Alle Zähne vorhanden bis auf 1 Mahlzahn; abgeschliff. Zähne. |
| 319 | 211 | 690,5 | 570,7 | 113,3 | 6,5 | Oben fehlen 9 Zähne, unten 4 Schneidezähne, 1 Eckzahn; Alveolen gut. |
| 320 | 232 | 642 | 545,6 | 89,4 | 7 | Sämmtliche Zähne gut; (3 Stockzähne oben verloren). |
| 321 | 312 | 928 | 841,8 | 80 | 6 | Oben fehlen 13, unten 5 Zähne; Alveolen schlecht. |
| | | 784 | 644 | 85 | | |

# Tabelle XI.

Wiederholte Messungen einzelner Schädel.

| Laufd. Num. | Kat.-Num. | I. | II. | III. | IV. | V. | VI. Messg. |
|---|---|---|---|---|---|---|---|
| 322 | 52 | 1402 | 1408 | 1410 | 1410 | 1415 | 1405 |
| 323 | 64 | 1500 | 1510 | 1510 | 1505 | 1512 | 1508 |
| 324 | 81 | 1650 | 1650 | 1648 | 1645 | 1650 | 1645 |
| 325 | 109 | 1492 | 1480 | 1490 | 1487 | 1485 | 1485 |
| 326 | 159 | 1571 | 1560 | 1566 | 1562 | 1570 | 1565 |
| 327 | 177 | 1482 | 1470 | 1465 | 1473 | 1470 | 1475 |
| 328 | 180 | 1572 | 1575 | 1570 | 1565 | 1573 | 1570 |
| 329 | 211 | 1400 | 1403 | 1402 | 1404 | 1400 | 1398 |
| 330 | 232 | 1418 | 1418 | 1420 | 1420 | 1425 | 1420 |
| 331 | 312 | 1790 | 1787 | 1790 | 1792 | 1788 | 1790 |

# Vergleichungs-Tabelle.

I. Schädelcapacität etc. nach den in der Münchener Anatomie geschehenen Messungen (Tabelle I).

| Geschlecht | Capacität in Cubikcent. | | | Verhältniss für beide Geschlechter | Hirnge-wicht | Verhältniss für beide Geschlechter | Verhältniss der Schädel-capacität zum Hirngew. | Schädel-Ge-wicht | Verhältniss b. beiden Ge-schlechtern |
|---|---|---|---|---|---|---|---|---|---|
| | Maxim. | Minim. | Medium | | | | | | |
| 54 Männer . . . . . | 1932 | 1265 | 1578,3 | 100 : 85,6 | 1549 | 100 : 90,19 | 100 : 85,9 | 702,7 | 100 : 94,5 |
| 39 Frauen . . . . | 1665 | 1115 | 1360,95 | | 1397 | | 100 : 96,6 | 664,1 | |
| Differenz: | | | 217,4 | | 152 | | | 38,6 | |

II. Zusammenstellung nach v. Bischoff.

| Geschlecht | Capacität in Cubikcent. | | | Verhältniss für beide Geschlechter | Hirnge-wicht | Verhältniss für beide Geschlechter | Verhältniss der Schädel-capacität zum Hirngew. | Schädel-Ge-wicht | Verhältniss b. beiden Ge-schlechtern |
|---|---|---|---|---|---|---|---|---|---|
| | Maxim. | Minim. | Medium | | | | | | |
| 12 Männer . . . . | 1905 | 1260 | 1558 | 100 : 90,5 | 1388 | 100 : 99,4 | 100 : 88,9 | — | — |
| 6 Frauen . . . . | 1735 | 1207 | 1410 | | 1356 | | 100 : 96,1 | — | — |
| Differenz: | | | 148 | | 30 | | | | |

### III. Zusammenstellung nach v. Bischoff — normale Schädel.

| | | | | 100 : 94,4 | | 96,3 : 100 | | | |
|---|---|---|---|---|---|---|---|---|---|
| 9 Mörder . . . . . . | 1705 | 1260 | 1428 | | 1280 | | 100 : 86,4 | — | — |
| 3 Weiber . . . . . . | 1547 | 1207 | 1349 | | 1328 | | 100 : 98,4 | — | — |
| Differenz: | | | 79 | | 48 | | | | |

### IV. Zusammenstellung nach Welcker.

| | | | | 100 : 89,7 | | 100 : 89,9 | | | |
|---|---|---|---|---|---|---|---|---|---|
| Männer . . . . . . . | 1790 | 1220 | 1448 | | 1389 | | 100 : 95,9 | — | — |
| Weiber . . . . . . . | 1550 | 1090 | 1300 | | 1249 | | 100 : 96,1 | — | — |
| Differenz: | | | 148 | | 140 | | | | |

### V. Zusammenstellung nach Huschke.

| | | | | 100 : 81,4 | | 100 : {89,6 / 85,5} | | | 100 : 84 |
|---|---|---|---|---|---|---|---|---|---|
| 39 Männer . . . . . | 1800 | 1322 | 1534 | | {1388 / 1446} | | 100 : {90,48 / 94,26} | 721,6 | |
| 17 Weiber . . . . . | 1465 | 1163 (946) | 1265 | | {1244 / 1226} | | 100 : {98,34 / 96,91} | 606,3 | |
| Differenz: | | | 269 | | | | | 115,3 | |

#### VI. Capacität nach Weisbach und Kopernicke (Zigeunerschädel).

| Geschlecht | Capacität | | | Verhältn. beider Geschlechter |
|---|---|---|---|---|
| | Maxim. | Minim. | Medium | |
| Männer . . | — | — | 1521,6 | |
| Weiber . . | 1533,3 | 1'50,3 | 1336,6 | |
| | | Differenz: | 185 | 100 : 87,8 |

| Geschlecht | Capacität | | | Verhältn. beider Geschlechter |
|---|---|---|---|---|
| | Maxim. | Minim. | Medium | |
| Männer . . | 1565 | 1230 | 1385 | |
| Weiber . . | 1335 | 1100 | 1215 | |
| | | Differenz: | 173 | 100 : 87,5 |

#### VII. Capacität der Schädel nach Tiedemann.
(Die Unzen in Cubikcentimeter verwandelt; 1 Unze Hirse = 36 Gramm.

Nach Nro. VII berechnet Huschke folgende Capacitätsverhältnisse:

| Männer | Zahl der Schädel | Capacität | Weiber | Zahl der Schädel | Capacität |
|---|---|---|---|---|---|
| Malaien . . . . | 98 | 1310,76 | Asiat. Kauk. . . . | 2 | 1116 |
| Aechte Neger . . | 54 | 1352,52 | Malaien . . . . | 11 | 1211,04 |
| Mongolen . . . | 46 | 1382,04 | Mongolen . . . | 3 | 1224 |
| Asiat. Kaukasier . | 38 | 1401,12 | Europäer . . . | 20 | 1260 |
| Amerikaner . . . | 31 | 1408,68 | Neger . . . . | 12 | 1262,88 |
| Afrik. Kaukasier . | 7 | 1419,48 | Amerikaner . . | 4 | 1305 |
| Europ. Kaukasier . | 141 | 1471,68 | | | |

| Rasse | Weib : Mann |
|---|---|
| Asiat. Kaukasier . | 1 : 1,270 |
| Europäerin . . . | 1 : 1,168 |
| Mongolen . . . | 1 : 1,129 |
| Malaien . . . | 1 : 1,082 |
| Amerikaner . . | 1 : 1,079 |
| Neger . . . . | 1 : 1,071 |

## VIII. Schädelcapacität nach Morton.

(Die Unzen in Cubikcentimeter verwandelt.)

| Rasse | Capacität | | |
| --- | --- | --- | --- |
| | Maximum | Minimum | Medium |
| Kaukasische Rasse . . . | 1787,6 | 1230 | 1427 |
| Mongolische Rasse . . . | 1525,2 | 1033,2 | 1361,2 |
| Chinesen . . . . . | — | — | 1345 |
| Eskimos . . . . . | — | — | 1410 |
| Malaische Rasse . . . . | — | — | — |
| 13 Malaien . . . . | 1459,6 | 1049,6 | 1328 |
| 5 Polynesier . . . | — | — | 1230 |
| Australier . . . . | — | — | — |
| Amerikanische Rasse. . . | 1640 | 984 | 1312 |
| Alte Peruaner . . . | — | — | 1361 |
| Peruaner . . . . | — | — | 1246 |
| Mexikaner . . . . | — | — | 1296 |
| Barbar-Nationen . . | — | — | 1345 |
| Aethiopische Rasse . . . | 1541,6 | 1066 | 1279,2 |
| Neger . . . . | — | — | 1361 |
| Hottentotten . . . | — | — | 1230 |

## IX. Tabelle von Aitken Meigs,

(Die Unzen in Cubikcentimeter ausgedrückt.)

| Rasse | Capacität | | |
| --- | --- | --- | --- |
| | Maximum | Minimum | Medium |
| Kaukasier . . . . . . | 1869 | 1148,6 | 1558 |
| (Hindu . . . . . | — | — | 1339,8) |
| Mongolen . . . . . | 1672,8 | 1148 | 1426,8 |
| Malaien . . . . . | 1770,8 | 1115,2 | 1394 |
| Amerikaner . . . . . | 1705,6 . | 1098,8 | 1316,9 |
| Neger . . . . . . | 1223,6 | 1197,2 | 1348,9 |
| (Hottentotten . . . | — | — | 1230) |
| (Australier . . . | — | — | 1234) |

X. Tabelle von Vogt nach den Bestimmungen der Schädelcapacität von Broca, Welcker, Morton, Aitken Meigs; vermehrt durch Bestimmungen von Huschke.

| | | |
|---|---|---|
| Cimber . . | 1592 | Huschke |
| Engländer . . | 1572,9 | A. Meigs |
| Chines . . . | 1554 | Huschke |
| Germanen im Allgemeinen . | 1534,1 | A. Meigs |
| Pariser . . | 1517 | Broca |
| Caraibe . . | 1500 | Huschke |
| Pariser . . | 1484,2 | Broca |
| Angloamerik. . | 1474,6 | A. Meigs |
| Pariser des 19. Jahrhunderts | 1461 | Broca |
| Cambodja . . | 1460 | Huschke |
| Bengalese . . | 1453 | „ |
| Javanen . . | 1450 | „ |
| Deutsche . . | 1448 | Welcker |
| Javane . . | 1442 | Huschke |
| Malaien . . | 1430 | Welcker |

| | | |
|---|---|---|
| Kaukasier im Allgemeinen | 1427 | A. Meigs |
| Pariser des 12. Jahrhunderts | 1425 | Broca |
| Eskimos . . | 1410 | Morton |
| Pariser des 12. bis 18 Jahrh. | 1409,3 | Broca |
| Pariser . . | 1403,1 | Broca |
| Grönländer . | 1380 | Huschke |
| Wilde Indianer | 1376,7 | A. Meigs |
| In Afrika geb. Neger . . | 1371,4 | „ |
| Madurese . . | 1366 | Huschke |
| Altperuaner . | 1361 | Morton |
| Neger im Allgemeinen . | 1361 | Morton |
| Neger im Allg. | 1347,6 | A. Meigs |
| Chinesen . . | 1345 | Morton |
| Grönländer . | 1340 | Welcker |
| Mexikaner . . | 1338,6 | A. Meigs |

| | | |
|---|---|---|
| Malaien . . | 1828 | Morton |
| Bugginese . . | 1324 | Huschke |
| In Amerika geb. Neger . | 1323,9 | A. Meigs |
| Amerikaner im Allgemeinen | 1315,7 | A. Meigs |
| Kosak . . . | 1278 | Huschke |
| Hottentott . | 1264 | „ |
| Bastardportug. | 1254 | „ |
| Neugrieche . | 1253 | „ |
| Peruaner . . | 1246 | Morton |
| Peruaner . . | 1233,7 | A. Meigs |
| Hottentott . | 1233,7 | A. Meigs |
| Hottentott . | 1230 | Morton |
| Polynesier . | 1230 | Morton |
| Australier . . | 1228,2 | A. Meigs |

## XI. Capacität von Weiberschädeln nach B. Davis, Tiedemann, Weisbach, Huschke.

| | | | | | | | | | | | |
|---|---|---|---|---|---|---|---|---|---|---|---|
| Irländer | . . | 1414,8 | B. Davis | Engländer | . | 1375 | B. Davis | Javanen | . . | 1171,0 | Tiedem. |
| Holländer | . . | 1406,9 | ,, | Chinesen | . . | 1355,1 | ,, | Malaien | . . | 1140 | ,, |
| Kauakas | . . | 1400,9 | ,, | Hindu | . . . | 1335,1 | ,, | Negerin | . . | 1127 | Huschke |
| Marquesas | . | 1385,0 | ,, | Holländer | . . | 1205,5 | Tiedem. | Slav. Weiber | | 1847,9 | Weisbach |
| | | | | Neger | . . . | 1189,1 | ,, | | | | |

## XII. Verhältniss des weiblichen Schädels zum männlichen — dieser = 1000 gesetzt.

| | | | | | | | | | | | |
|---|---|---|---|---|---|---|---|---|---|---|---|
| Neger | . . . | 984 | Davis | Kauakas | . . | 906 | Davis | Javanen | . . | 874 | Tiedem. |
| Hindu | . . . | 944 | ,, | Slaven | . . | 903 | Weisbach | Chinesen | . . | 870 | Davis |
| Neger | . . . | 932 | Tiedem. | Marquesas | . | 902 | Davis | Deutsche | . . | 864 | Tiedem. |
| Malaien | . . | 923 | ,, | Deutsche | . . | 897 | Welcker | Engländer | . | 860 | Davis |
| Holländer | . . | 919 | ,, | Holländer | . . | 883 | Davis | Deutsche | . . | 856 | Tabelle I. |
| Irländer | . . | 912 | Davis | Deutsche | . . | 878 | Weisbach | Deutsche | . . | 838 | Huschke |
| | | | | Alte Britten | . | 877 | Davis | | | | |

# Einiges über die Ergebnisse.

## I. der Capacitätsbestimmung.

1. Die grösste Capacität zeigen — im Gegensatz zu den bereits anderorts gemachten Messungen — die Schädel der mongolischen Rasse. Dies hat seinen Grund hauptsächlich darin, dass bei der Feststellung der Durchschnittszahlen kein Geschlechtsunterschied gemacht wurde. Berechnet man bei den Kaukasiern die Capacität derjenigen Schädel, welche ohne Zweifel von Weibern stammen, für sich und alle übrigen als männliche, so erhält man für die *Männerschädel* ohne Berücksichtigung der Nationalität, d. h. durch Addition der Capacitäten sämmtlicher Schädel der ganzen Rasse und Division durch deren Zahl als Mittelwerth $\frac{292014}{196} = 1489{,}86$; und mit Berücksichtigung einzelner Völkerschaften, d. h. durch Addition der mittleren Capacitäten der Schädel der einzelnen Völkerschaften: $\frac{27261{,}717}{19} = 1434{,}827$.

In gleicher Weise für die *Frauenschädel*: $\frac{60721}{45} = 1349{,}1$ und $\frac{6618{,}95}{5} = 1323{,}79$.

Aber trotzdem ist die Capacität der Mongolen beinahe so gross als die der Kaukasier bei der günstigsten Berechnung. Ein viel günstigeres Verhältniss würde sich für die europäischen Kaukasier ergeben, wenn man trennen würde zwischen in und ausser Europa wohnenden Kaukasiern. Eine grosse Capacität der Mongolenschädel fanden auch Tiedemann und Morton (die ersten, welche Messungen in grosser Ausdehnung unternahmen) und Andere.

Lässt man bei den Kaukasiern die Deutschen-, Franzosen-, Turkos- und Aegyptierschädel ausser Rechnung, so ergibt sich aus der Summe der Capacitäten der einzelnen Schädel ohne Berücksichtigung des Geschlechtes $\frac{52474}{37} = 1418,2$. Dabei blieben 205 Schädel der kaukasischen Rasse unberücksichtigt. Aus sämmtlichen Schädeln der kaukasischen Rasse erhält man als Mittelwerth für die Capacität $\frac{352789}{241} = 1461,8$. Die Schädel der Deutschen und Franzosen geben hier den Ausschlag.

Berechnet man aus den Mittelzahlen der einzelnen Völkerschaften mit Einschluss der Deutschen, Franzosen, Aegyptier und Turkos ohne Berücksichtigung des Geschlechtes eine Durchschnittszahl, so folgt $\frac{23086,85}{15} = 1442,93$. Dabei blieben 5 einzelne Schädel ausser Rechnung.

2. Ist es schon bei der kaukasischen Rasse schwierig, eine genaue Trennung der Schädel der beiden Geschlechter zu machen, so ist dies bei den übrigen Rassen noch viel misslicher.

Denn erstens sind bei diesen wenige Schädel als weibliche bezeichnet, z. B. von den Amerikanern gar keiner, von den Aethiopiern ein einziger; zweitens haben bei diesen Rassen die weiblichen Schädel (der Münchener anatom. Sammlung) im Verhältniss zum männlichen sehr grosse Capacität — so haben die Esthin und Lettin, ferner die Javanesinen grössere Capacität des Schädels als dies bei den Männern desselben Volkes der Fall ist, was wohl nicht als Regel sondern als Ausnahme bezeichnet werden dürfte[1]); drittens vermuthe ich, dass wohl mehr weibliche Schädel dieser vier Rassen vorhanden, denn als solche bezeichnet

---

[1]) Huschke sagt über die Geschlechtseigenthümlichkeit der Schädelcapacität, dass in dem Verhältniss als die Vollkommenheit der Rasse zunimmt, auch der Abstand der Geschlechter in Bezug auf Inhalt der Schädelhöhle steigt, so dass der Europäer weit mehr die Europäerin als der Neger die Negerin überragt. Dasselbe wird auch von anderen Autoren zugegeben. Somit wird bei den übrigen Rassen eine Vernachlässigung der Geschlechtstrennung kein grosser Fehler sein.

sind. Wie schwierig aber eine Ausscheidung ist, trotz der vielen angegebenen charakteristischen Merkmale, weiss jeder, der sich damit beschäftigt hat. Ich unterliess daher eine solche Trennung, indem ich lieber den Tadel, etwas Wünschenswerthes übergangen, als den Vorwurf, eine falsche Anschauung gegeben zu haben, auf mich kommen lasse.

Für die *Mongolen* ergibt sich aus Tab. II eine mittlere Capacität von $\frac{25284}{17} = 1487,3$ aus der Summe aller einzelnen Schädel, oder wenn man auf die Völker Rücksicht nimmt $\frac{5955}{4} = 1488,7$, wobei aber fünf einzelne Schädel ausgeschlossen blieben.

Für die *Aethiopier* folgt aus Tabelle III als mittlere Capacität: $\frac{20876}{16} = 1304,7$ und $\frac{2587,41}{2} = 1293,7$, wenn man auf gleiche Weise verfährt wie vorher. Ebenso folgt für die *Amerikaner* $\frac{14220}{10} = 1422$ und $\frac{2880}{2} = 1440$; für die *Malayen* $\frac{27437}{19} = 1444$ und $\frac{7259,2}{5} = 1451,84$.

Bei der letzten Zahl wurden 1 Aethiopier-, 5 Amerikaner- und 1 Malayen-Schädel nicht in Rechnung gezogen.[1]

---

[1]) Will man, soweit es möglich ist, auch bei diesen Rassen eine Trennung in beide Geschlechter vornehmen, so folgt:

|  | Schädelzahl. | Männer. | Frauen. |
|---|---|---|---|
| Mongolen . . | 13 : 4 | 1500,54—1461,12 | 1449,25—1434,83 |
| Malayen . . . | 9 : 2 | 1418 —1428,2 | 1465 |
| (Aethiopier . | 16 : 1 | 1322,12 — 1377,35 | 1075). |

Will man darnach auch das Verhältniss des Schädelinnenraumes der Weiber zu dem der Männer, so hat man:

(Aethiopier . . . . . 1 : 1,229; aber es ist nur 1 weibliches Exemplar vorhanden.)

Deutsche . . . . . . 1 : 1,116
Kaukasier . . . . . . 1 : 1,1042
Mongolen . . . . . . 1 : 1,0269
Malayen . . . . . . 1 : 0,968

3. Von den einzelnen Völkerschaften will ich nur der auf Tabelle VIII und IX besonders verzeichneten Schädel der Deutschen, Franzosen, Turkos und Aegyptier Erwähnung thun:

Es ergibt sich für die 54 deutschen Männer eine mittlere Capacität von $\dfrac{85230}{54} = 1578{,}33$;

für die 39 deutschen Frauen: $\dfrac{53077}{39} = 1360{,}95$;

für die Verbrecher: $\dfrac{34544}{23} = 1501{,}95$;

für die Franzosen: $\dfrac{82592}{56} = 1474{,}857$;

für die Turkos: $\dfrac{14686}{10} = 1468{,}6$;

für die Aegyptier: $\dfrac{30186}{22} = 1372$.

Setzt man nun die Capacität der Deutschen $= 100$ und bezieht man darauf die übrigen Capacitätsergebnisse, so folgt:

Die Capacität der deutschen Männer verhält sich zu der der

Franzosen       wie $100 : 93{,}4$
Turkos       „   $100 : 93$
Aegyptier       „   $100 : 86{,}9$
Deutschen Frauen   „   $100 : 85{,}6$.

4. Uebersichtliche Zusammenstellung der Ergebnisse der Capacitätsbestimmungen.

Mongolen im Allgemeinen . . . . $1487{,}3 - 1488{,}7$
Kaukasier im Allgemeinen . . . . $1461{,}8 - 1442{,}9$
Deutsche Männer . . . . . . . $1578{,}33$
Verbrecher . . . . . . . . . $1501{,}95$
Kaukasische Männer im Allgem. . $1489{,}86 - 1434{,}827$
Franzosen . . . . . . . . . $1474{,}85$
Turkos . . . . . . . . . . . $1468{,}6$
Kaukasier mit Ausnahme der Deutschen, Franzosen, Turkos und Aegyptier . . . . . . . . . $1418{,}2$

Agyptier . . . . . . . . . . 1372
Deutsche Frauen . . . . . . . 1360,95
Kaukasische Frauen im Allgem. . 1349,1 —1323,79
Malayen im Allgemeinen . . . . **1444** —1451,84
Amerikaner im Allgemeinen . . . **1422** —1440
Aethiopier[1]) im Allgemeinen. . . **1304,7** —1393,7

Diese Ergebnisse stimmen am meisten mit Morton's Tabelle überein (s. Vergleichungstabelle).'

5. Aus dieser Zusammenstellung wird ferner ersichtlich, dass die Schädel der Mongolen zwar kleinere Capacität besitzen als die Deutschen, aber grössere als die Franzosen. Hängt nun die Grösse des Schädelinnenraumes mittelbar mit der Intelligenz zusammen, so brauchten sich die Deutschen der von den Franzosen (Quatrefages) behaupteten Stammverwandtschaft mit den für mongoloid erklärten Finnen und Lappen um so weniger zu schämen, als es Thatsache ist, dass diese Völker auf einer keineswegs geistig niederen Stufe stehen. Ja Virchow nennt die Finnen geradezu das liebenswürdigste, intelligenteste, der Entwicklung am meisten erschlossene Volk, und er ist von der Anmuth ihrer Sprache entzückt.

6. Die Mittelzahl für die Capacität der ausgegrabenen Schädel (Tab. VI) ist von geringem Werthe, da an vielen Schädeln grössere oder geringere Defekte vorhanden sind, wobei ein genaues Füllen nicht möglich ist; ferner ist nur bei ganz wenigen die Zeit bekannt, aus welcher die Schädel stammen, und das Geschlecht.

Es würde sich aber gerade darum handeln, ob hinsichtlich der Capacität desselben Volkes zwischen der früheren und jetzt existirenden Generation eine Veränderung eingetreten ist — und wie sich die Capacitäten beider Geschlechter früher zu einander verhalten haben.

---

[1]) Wo zwei Werthe angegeben sind, ist der erste aus der Summe der Schädel dividirt durch deren Zahl hergestellt, ohne Rücksicht auf die einzelnen Völkerschaften; bei den letzteren wurden die einzelnen Völkerschaften berücksichtigt.

7. Die Capacität der Kinder (Fœtus) -Schädel (Tab. VII) steigt ziemlich regelmässig an im Verhältniss zum Alter und zum Wachsthum des Körpers überhaupt; am meisten nimmt sie zu vom 4.—5. und vom 5.—6. Schwangerschaftsmonat. Sie beträgt beim Neugebornen etwa 170—200 Ccm. am trockenen Schädel, der natürlich durch Schrumpfung der Fontanellen und der die Nähte vertretenden Haut viel kleiner ist als der frische.

## II. Wägungen.

1. Verfolgt man hier den ähnlichen Gang, von Tabelle zu Tabelle, wie bei den Ergebnissen der Capacitätsbestimmung, so findet man von Tabelle I—V:

Das grösste Schädelgewicht zeigen die Schädel

der Malayen mit $\dfrac{14008,5}{19} = 737,5$ oder $\dfrac{3738.45}{5} = 747,4$ Gramm,

der Kaukasier wiegen im Mittel $\left(\dfrac{25401}{37} = 686,5\right)$ od. $\dfrac{10274.65}{16} = 642,2$ „

der Mongolen mit $\dfrac{11578,5}{17} = 681,1$ oder $\dfrac{2603}{4} = 650,8$ „

der Amerikaner mit $\dfrac{679,6}{10} = 679,6$ oder $\dfrac{1243,3}{2} = 621,6$ „

der Aethiopier mit $\dfrac{10057}{16} = 628,5$ oder $\dfrac{1289,37}{2} = 644,7$ „

Werden bei den Kaukasiern zur Berechnung der ersten Zahl auch die Schädelgewichte der Deutschen, Franzosen, Aegypter und Turkos berücksichtigt, so ergibt sich $\dfrac{153759.5}{241} = \mathbf{679,2}$. Wenn hier auch die letztgenannten Völkerschaften den Ausschlag geben, so muss consequenterweise bei der Vergleichung mit den übrigen Rassen doch diese Zahl benützt werden. Darnach würden die Kaukasier hinsichtlich ihres Schädelgewichtes hinter die Amerikaner zu stehen kommen.

2. Wie bei den Schlussfolgerungen aus der Capacitätsbestimmung ziehe ich auch hier von den einzelnen Völkerschaften nur die auf Tabelle VIII und IX speziell berücksichtigten

Völkerschaften in Betracht. Es ergaben sich für dieselben folgende Schädelgewichte:

$$\text{Deutsche Männer} \quad \frac{37447,5}{54} = 702,73$$

$$\text{Deutsche Frauen} \quad \frac{25901}{39} = 664,1$$

$$\text{Verbrecher} \quad \frac{14927}{23} = 644,9$$

$$\text{(Verbrecherin} \quad — \quad = 1035)$$

$$\text{Franzosen} \quad \frac{38478,5}{56} = 681,75$$

$$\text{Aegypter} \quad \frac{14179}{22} = 644,5$$

$$\text{Turkos} \quad \frac{7405,5}{10} = 740,5$$

Ergänzt man der grösseren Genauigkeit wegen das Gewicht des häufig fehlenden Unterkiefers durch Addition von 85 Gramm für jeden Unterkiefer (d. i. der Mittelwerth von 10 gewogenen Unterkiefern Tab. X) und versucht man zugleich eine Trennung der beiden Geschlechter, so bekommt man, wenn man nach der Schwere der Männerschädel ordnet, folgende Zusammenstellung:

| Rasse resp. Volk. etc. | Gewicht der Männerschädel. | | | | | Gewicht der Frauenschädel. | | | | | Der Männerschädel schwerer als der weibliche. |
|---|---|---|---|---|---|---|---|---|---|---|---|
| | Zahl der Schädel. | Ergänzung für fehlende Unterkiefer. | Gewichtssumme ohne Ergänzung. | Gewichtssumme mit Ergänzung. | Resultat. | Zahl der Schädel. | Ergänzung für fehlende Unterkiefer. | Gewichtssumme ohne Ergänzung. | Gewichtssumme mit Ergänzung. | Resultat. | |
| Malayen . . . . . | 17 | — | 12586,5 | — | 737,4 | 2 | — | 1472 | — | 736 | 1,4 |
| Mongolen . . . . | 13 | 425 | 8879,5 | 93045 | 715,7 | 4 | — | 2699,5 | — | 674,9 | 40,8 |
| Amerikaner . . | 10 | 255 | 6796 | 7051 | 705,1 | — | — | — | — | — | ᴧ |
| Aethiopier . . . | 15 | 255 | 10047 | 10302 | 686,8 | 1 | — | 609,5 | — | 609,5 | 77,3 |
| Kaukasier. . . . | 196 | 2210 | 132658,5 | 134868,5 | 683 | 45 | 765 | 29858,5 | 30623,5 | 680,5 | 2,5 |
| Turkos . . . . | 10 | — | 7405,5 | — | 740,5 | — | — | — | — | — | — |
| Deutsche . . . | 54 | 935 | 37947,5 | 38882,5 | 720 | 39 | 765 | 25901 | 26666 | 683,7 | 36,3 |
| Aegypter . . . | 22 | 680 | 14179 | 14859 | 675 | — | — | — | — | — | — |
| Franzosen . . | 56 | — | 384785 | — | 681,75 | — | — | — | — | — | — |
| Verbrecher . . | 23 | 170 | 14927 | 15097 | 656,4 | (1 | — | 1035 | — | 1035) | — |

Die bedeutendste Abweichung von der vorhergehenden Darstellung besteht hier, ausserdem, dass die meisten Durchschnittsgewichte grösser erschienen, hauptsächlich darin, dass die Kaukasier männlichen Geschlechtes das geringste Schädelgewicht besitzen, während sie oben die zweite resp. vierte Stelle unter den fünf Rassen einnehmen.

3. Aus vorstehender Zusammenstellung geht hervor, dass bei allen Rassen das durchschnittliche Gewicht der Frauenschädel geringer ist als das der Männerschädel derselben Rasse. Das Gleiche wird, denke ich, auch bei den einzelnen Völkern der Fall sein. (Der abnorm schwere Schädel der Verbrecherin Nr. 351 kann zwar nicht berücksichtigt werden.)

Dass die Schädel der Javanesinen sämmtliche Männerschädel ihres Stammes übertreffen, dass ferner die Bewohnerin von Dorah grösseres Schädelgewicht hat als das mittlere Schädelgewicht sämmtlicher Australneger, dass endlich der Schädel einer Türkin nur $\frac{1}{2}$ Gramm geringer ist als der schwerste männliche Türkenschädel, halte ich ebenso für Ausnahmsfälle, als wenn ein Mannesschädel unter dem mittleren Gewichte der Weiberschädel steht. Es sind eben die individuellen Schwankungen sehr gross und gerade diese Schwankungen sind es, welche sowohl innerhalb derselben Rasse als innerhalb desselben Geschlechtes die Herstellung von Mittelzahlen sehr bedenklich machen. Was in Bezug darauf ausserdem schon bei Ergebnissen der Capacitätsbestimmung gesagt wurde, nämlich von verschieden grosser Anzahl der Schädel, nicht mit Sicherheit durchgeführter Trennung in die beiden Geschlechter, gilt auch für die Gewichtsbestimmung.

Ich habe zwar auch bei der Gewichtsbestimmung eine solche Trennung versucht, allein ich lege keinen Werth darauf aus den angegebenen Gründen. Nach voranstehender Zusammenstellung verhält sich der Weiberschädel zum Männerschädel

| | | |
|---|---|---|
| bei den Aethiopiern | wie | 1 : 1,12 |
| „ „ Deutschen | „ | 1 : 1,083 |
| „ „ Mongolen | „ | 1 : 1,06 |
| „ „ Kaukasiern im Allg. | „ | 1 : 1,004 |
| „ „ Malayen | „ | 1 : 1,002 |

4. Die ausgegrabenen Schädel ˙zeigen meistens grössere oder geringere Defekte oder sie sind unrein oder verwittert, denn sie stammen aus verschiedenen Zeiten. Aus all diesen Gründen ist die Herstellung einer Mittelzahl illusorisch; ist ja schon das Gewicht der einzelnen Schädel meist zweifelhaft.

5. Das Schädelgewicht der kleinen Kinder nimmt bei der in der anatomischen Anstalt befindlichen Anzahl nicht in solcher Regelmässigkeit zu als die Capacität. So wiegt ein fötaler Schädel aus dem 3. Monat 2,0; aus dem 4. Monat 3,0; aus dem 5. Monat 14,0; aus dem 6. Monat 11,0 Gramm. Der trockene Schädel eines ausgetragenen Kindes wiegt circa 20 Gramm und darüber. Von der Geburt an nimmt der Schädel ziemlich regelmässig an Gewicht zu. Siehe Tab. VII.

6. Wägungen des Schädels wurden bisher wenig bekannt gemacht. Eine Angabe über Gewichtsverhältnisse des Schädels beider Geschlechter von Prof. Dr. Rüdinger[1]) in dessen topographischer Anatomie bezieht sich nicht auf die Gewichte sämmtlicher Schädel der Anstalt, sondern nur auf eine geringe Zahl von Wägungen, welche für Männer 740—832; für Weiber 575—665 Gramm ergeben. Vergleicht man die beiden ersten Zahlen mit einander, so findet man eine Differenz von 165, aus beiden letzten von 167 Gramm. Der Grund, warum diese Differenzen grösser erscheinen als diejenige, welche meine Wägungen ergeben, ist sowohl darin zu suchen, dass Herrn Professor Dr. Rüdinger's Angaben aus Schädeln mittleren Lebensalters entspringen, während bei meinen Wägungen das Alter ausser Acht gelassen wurde; als auch darin, dass hier die Differenzen aus den äussersten Grenzwerthen aber nicht aus den mittleren Gewichten entnommen sind.

Eine grössere Anzahl von Schädelwägungen wurde von Huschke vorgenommen. Er findet von (39 deutschen) Männern ein mittleres Schädelgewicht von 721,6 Gramm; von (17) Frauen 606,3 Gramm; daraus ergibt sich für beide Geschlechter eine

---

[1]) Rüdinger. — Topographisch-chirurgische Anatomie des Menschen — Stuttgart 1874.

Differenz von 115,3, und es verhält sich der männliche Schädel zum weiblichen wie 100 : 84. Nach meinen Wägungen ergibt sich für die Männer (Bayern) 702,7, für die Frauen 664,1; somit eine Differenz von nur 38,6 Gramm. Es verhält sich darnach der Männerschädel zum Weiberschädel wie 100 : 94,5. Ergänze ich für jeden fehlenden Unterkiefer 85 Gramm, so erhalte ich bei den Männern 720 Gramm als Mittelzahl, bei den Frauen 683,7 Gramm als Mittelzahl.

Daraus ergibt sich als Differenz 36,3 Gramm und es verhält sich darnach das Gewicht des Mannesschädels zu dem des Frauenschädels wie 100 : 94,9 — also dem obigen Verhältniss ganz nahe stehend — (s. Vergleichungstabelle).

# III. Verhältniss der Schädelcapacität zum Schädelgewicht.

Geht man die Tabellen nacheinander durch, die Schädelcapacität mit dem Schädelgewicht vergleichend, so springen sofort die individuellen Schwankungen des Verhältnisses in's Auge. So gibt der Schädelinnenraum zum Schädelgewicht folgende Verhältnisse, nach der Grösse der Verhältnisszahl zusammengestellt:

Bei Schädel Nr. 19—1495 : 1035 = 1,45 : 1  
,, ,, ,, 42—1442 : 927 = 1,56 : 1  
,, ,, ,, 26—1571 : 965 = 1,62 : 1  
,, ,, ,, 191—1145 : 665 = 1,72 : 1  
,, ,, ,, 2—1735 : 990 = 1,75 : 1  
,, ,, ,, 173—1250 : 668 = 1,87 : 1  
,, ,, ,, 15—1380 : 700 = 1,97 : 1  
,, ,, ,, 121—1696 : 764 = 2,22 : 1  
,, ,, ,, 4—1500 : 548 = 2,73 : 1  
,, ,, ,, 141—1932 : 587 = 3,29 : 1  
,, ,, ,, 131—1630 : 483 = 1,83 : 1  

Vergleicht man nun von den verschiedenen Rassen den Schädelinnenraum mit dem Schädelgewicht, u. z. in zweierlei

Art, das einemal ohne Berücksichtigung der Völkerschaften,
das anderemal mit Berücksichtigung derselben[1]), so folgt:

I.              II.

| I. | | II. | |
|---|---|---|---|
| Mongolen | 1487,3 : 681,1 = 2,183 : 1 | Kaukasier | 1492,9 : 642,2 = 2,324 : 1 |
| Kaukasier | 1461,8 : 679,2 = 2,152 : 1 | Amerikaner | 1440,0 : 621,6 = 2,316 : 1 |
|  | (1418,2 : 686,5 = 2,065 : 1) |  |  |
| Amerikaner | 1422,0 : 679,6 = 2,092 : 1 | Mongolen | 1488,7 : 650,8 = 2,285 : 1 |
| Aethiopier | 1304,7 : 628,5 = 2,075 : 1 | Aethiopier | 1393,7 : 644,7 = 2,006 : 1 |
| Malayen | 1444,0 : 737,5 = 1,971 : 1 | Malayen | 1451,84 : 747,4 = 1,942 : 1 |

| | |
|---|---|
| Verbrecher | 1501,85 : 656,4 = 2,303 : 1 |
| Deutsche Männer | 1578,33 : 720,0 = 2,192 : 1 |
| Franzosen | 1474,85 : 681,75 = 2,163 : 1 |
| Deutsche Frauen | 1360,95 : 683,7 = 1,991 : 1 |
| Turkos | 1468,5 : 740,5 = 1,983 : 1 |

Es sind hier die Schwankungen der Verhältnisszahl nicht
so gross als bei einzelnen Individuen. Die Deutschen Männer
kommen so bei I. vor, bei II. hinter die Mongolen zu stehen;
die Franzosen, der Verhältnisszahl nach unter den Deutschen
stehend, kommen bei I. und II. nach den Mongolen; die Deutschen
Frauen stehen in beiden Fällen zwischen den Aethiopiern und
Malayen; ebenso die Turkos. Nach Prozenten ergeben sich
folgende Verhältnisse zwischen Schädelcapacität und Gewicht:

| für die Malayen | 100 : 51 | für die Turkos | 100 : 44,5 |
|---|---|---|---|
| Aethiopier | 100 : 48,1 | Deutsche Frauen | 100 : 48,7 |
| Amerikaner | 100 : 47,7 | Franzosen | 100 : 46,2 |
| Kaukasier | 100 : 46,4 | Deutschen Männer | 100 : 44,5 |
| Mongolen | 100 : 45,1 |  |  |

# IV. Verhältniss der Schädelcapacität zum Hirngewichte.

Unter den Schädeln der münchener anatomischen Sammlung sind mir Gehirngewichte nur von 20 Deutschen, 48 Franzosen, 6 Turkos bekannt. Von den Deutschen vertheilt sich

---

[1]) Bei diesen Zahlen blieben die Deutschen, Franzosen, Aegypter
und Turkos ausser Rechnung.

genannte Summe auf 10 Verbrecher, 6 Männer, 3 Frauen, 1 Verbrecherin.

Bei diesen verhält sich der mittlere Schädelinnenraum zum Hirngewicht, nach der Verhältnisszahl geordnet:

| | Ccm. | gr. | | |
|---|---|---|---|---|
| 1. Deutsche Frauen | 1428,3 | : 1396 | = 100 | : 97,7 |
| 2. Deutsche Frauen und Verbrecherin | **1445** | **: 1397** | **= 100** | **: 96,6** |
| 3. Franzosen | 1475,5 | : 1381,6 | = 100 | : 93.6 |
| 4. Turkos | 1442,5 | : 1347,7 | = 100 | : 93,4 |
| 5. Deutsche Verbrecher | 1504,7 | : 1303,2 | = 100 | : 86,6 |
| 6. Deutsche Männer und Verbrecher | **1802** | **: 1549** | **= 100** | **: 85,9** |

Es möge mir gestattet sein, diese Verhältnisse in Vergleich zu bringen mit denjenigen, welche Herr Obermedicinalrath von Bischoff für 12 deutsche Männer und 6 Weiberschädel und Gehirne findet:

$$\text{Ccm.} \quad \text{gr.}$$
$$\text{Männer} \quad 1558 : 1386 = 100 : 88,9$$
$$\text{Frauen} \quad 1410 : 1356 = 100 : 96,1$$

Nach einer anderen Berechnung findet Herr Professor von Bischoff (von 9 Mördern und 3 Frauen):

$$\text{Ccm.} \quad \text{gr.}$$
$$\text{Männer} \quad 1428 : 1280 = 100 : 86,1$$
$$\text{Frauen} \quad 1349 : 1328 = 100 : 98,4$$

Die von Herrn Obermedicinalrath von Bischoff gefundenen Verhältnisszahlen stehen den meinigen ganz nahe; viel weniger die von Herrn Professor Welcker angegebenen. Welcker findet:

$$\text{Ccm.} \quad \text{gr.}$$
$$\text{Deutsche Männer} \quad 1448 : 1389 = 100 : 95,9$$
$$\text{Deutsche Frauen} \quad 1300 : 1249 = 100 : 96,1$$

Herr Obermedicinalrath Professor von Bischoff hat, um die Welker'sche Angabe, dass der Horizontalumfang des Schädels zu dem Schädelinnenraum in einem constanten Verhältniss stehe, zu prüfen, 100 Männer- und 50 Frauengehirne gewogen und das Resultat veröffentlicht. Aus diesen Wägungen berechnet sich für die Männer ein Mittelgewicht von 1397 Gramm; für die Frauen von 1249 Gramm.

Diese Gewichte, welche wohl sämmtlich von Gehirnen Deutscher gewonnen wurden, möchte ich nun in Verbindung bringen mit den Resultaten der Capacitätsbestimmungen, die ich an 54 deutschen Männer- und 39 deutschen Frauenschädeln vorgenommen habe.

Ich erhielt (Tab. VIII) für die Männer eine mittlere Capacität von 1578 Ccm.; für die Weiber von 1360 Ccm.

Die Zusammenstellung ergiebt folgende Verhältnisse:

$$\begin{array}{ccc} & \text{Ccm.} & \text{gr.} \\ \text{Männer} & 1578 : 1397 & = 100 : 88{,}5 \\ \text{Weiber} & 1360 : 1249 & = 100 : 91{,}7 \end{array}$$

Die hier für die Männer gewonnene Verhältnisszahl (88,5) kommt gleichen Verhältnisszahlen (88,9 u. 86,1) von Herrn Professor von Bischoff berechnet, ziemlich nahe; ist aber grösser als die oben von mir angegebene (858) und bedeutend kleiner als die von Professor Welcker erhaltene (95,9).

Die auf diese Weise für die Weiber erhaltene Verhältnisszahl zwischen Schädelinnenraum und Hirngewicht ist kleiner als alle übrigen auf gleiche Weise für die deutschen Frauen berechneten Verhältnisszahlen.

---

Ich kann diese Abhandlung nicht aus meinen Händen lassen, bevor ich nicht dem Herrn Obermedicinalrath Professor Dr. von Bischoff für die bereitwillige Ueberlassung des bezüglichen Materials, der nöthigen Instrumente und Schriftstücke meinen Dank ausgesprochen habe. Zu grossem Danke aber bin ich dem Herrn Professor Dr. Rüdinger für die Zudienststellung der einschlägigen anthropologischen und anatomischen Literatur, für vielfachen, liebenswürdigen Beistand und Rath verpflichtet; desgleichen Herrn Professor Dr. Ranke für Aufklärungen hinsichtlich der Literatur und tabellarischen Anordnung.

Druck von E. Mühlthaler in München.